걸리버 여행기

CLASSIC STARTS® : Gulliver's Travels

Retold from the Jonathan Swift original by Martin Woodside

Text © 2006 Martin Woodside ;Questions for Discussion
and Afterword © 2006 Sterling Publishing Co., Inc.

All rights reserved

Korean Translation Copyright © 2025 by Aramy, Seoul, Korea

This Korean edition was published by arrangement
with Sterling Publishing Co., Inc., 33 East 17th Street, New York, NY 10003
through PROPONS Agency, Korea

연초록 세계 명작 17

걸리버 여행기

초판 1쇄 발행 2025년 1월 20일
원작 조나단 스위프트 **다시 씀** 마틴 우드사이드 **옮김** 장혜진 **그림** 김완진
펴낸곳 도서출판 아라미
펴낸이 백상우
편집 정유나 **디자인** 이하나 **마케팅** 장동철 **관리** 한찬미
로고 신명근
등록번호 제313-2009-131호
주소 서울시 마포구 토정로 192 진영빌딩 206호 **전화** 02-713-3257 **팩스** 02-6280-3257
E-mail aramy777@naver.com
ISBN 979-11-92874-26-5 74840 979-11-92874-01-2 (세트)

© 아라미, 2025
이 책의 저작권은 아라미와 저자에게 있습니다.
허락 없이 내용의 일부를 인용하거나 발췌하는 것을 금합니다.

◆ 연초록은 도서출판 아라미의 브랜드입니다.
◆ 책값은 뒤표지에 있습니다.

제조자명 도서출판 아라미 **제조년월일** 2025년 1월 20일 **품명** 어린이책 **제조국** 대한민국
모델명 연초록 세계 명작 17 **사용연령** 8세 이상
주소 서울시 마포구 토정로 192 진영빌딩 206호 **전화** 02-713-3257 **팩스** 02-6280-3257
주의 종이에 베이거나 긁히지 않도록 조심하세요. 책 모서리가 날카로우니 던지거나 떨어뜨리지 마세요.
KC마크는 이 제품이 공통안전기준에 적합하였음을 의미합니다.

걸리버 여행기

조나단 스위프트 원작
장혜진 옮김
김완진 그림

연초록

차례

4부 휘늠 여행

걸리버

여행과 모험을 사랑하는 사람이에요. 항해 중에 새로운 나라를 많이 발견하지요. 작은 사람들의 나라, 거인 나라, 공중에 뜬 섬나라, 말들의 나라를 여행하며 기이한 경험을 해요.

왕비의 난쟁이

거인 나라의 난쟁이로, 자신보다 훨씬 작은 걸리버를 보며 엄청 우쭐대고 뽐내요. 틈만 나면 으스대고 잘난 체하지요. 그러다 어느 날, 걸리버를 크림이 가득 든 그릇에 던져 버려요.

휘늠의 말

말들이 사는 나라인 휘늠에서 만났어요. 생긴 건 말과 똑같은데 인간처럼 이성을 지녔어요. 거짓과 속임수를 모르고 마음이 깨끗하고 흠이 없으며 어질어요. 걸리버가 무척 존경해요.

야후

겉모습이 인간과 똑같은 짐승이에요. 기다란 손톱과 피부색, 북슬북슬한 손등의 털만 다를 뿐이지요. 하지만 이성이 없고 야만적이며 흉악한 성질을 가졌어요.

6

스트럴드브럭

절대로 죽지 않는 불사신으로, 럭낵 나라에 일만 명 정도가 있어요. 왼쪽 이마에 붉은색 반점이 있고, 가장 젊은 사람이 이백 살 정도예요. 사람들의 미움을 한 몸에 받아요.

릴리펏 황제

작은 사람들의 나라에서 가장 키가 큰 황제예요. 걸리버에게 릴리펏의 적국인 블레푸스쿠의 함대를 모두 끌어오라 명령을 내리지요. 이후 걸리버가 명령을 듣지 않자 벌을 주려 해요.

글럼달클리치

거인 나라에 사는 아홉 살 난 여자아이로, 글럼달클리치라는 이름은 '작은 보모'라는 뜻이에요. 걸리버가 발견된 농장 주인의 딸로, 왕비의 궁궐에서 걸리버를 돌봐 주며 함께 지내지요.

툭툭이

하늘을 나는 섬, 라퓨타에 살아요. 늘 생각하는 데만 빠져 있는 사람들을 위해 말해야 할 사람의 입과 들어야 할 사람의 오른쪽 귀를 툭툭 때리는 일을 하지요.

1부
릴리펏 여행

1장

걸리버의 배가 난파되어
릴리펏이라는 나라에 다다르다

　내 이름은 걸리버예요. 나는 영국 잉글랜드의 작은 땅을 가진 집안에서 자랐어요. 공부를 마친 뒤에는 런던의 한 외과 의사 밑에서 일하며 항해술과 수학을 익히기 시작했어요.

　젊은 시절의 일들을 시시콜콜 지루하게 늘어놓지는 않겠어요. 그저 내가 늘 여행을 마음에 품고 살았고 스물두 살 때 항해를 떠났다는 정도만 말할게요. 나는 삼 년 반 뒤에 런던으로 돌아와 메리 버턴 양과 결혼했어요. 그렇게 그대로 영국에 머물러 살 생각이었지요. 하지만 인생 최고의 항해가 아직 나를 기다리는 듯했어요.

　어느 날 나는 큰 배인 앤털로프호에서 의사로 일해 달라는 제안을 받아들여 남쪽으로 떠났어요. 동인도 제도로 향하는 길이었어요. 그런데 어느 날 사나운 폭풍이 배를 덮쳤어요. 선원 열둘이 목숨을 잃었고 살아남은 이들도 몹시 허약해졌지요. 배는 급기야 물속의 바위에 부딪혀 두 동강이 나 버렸어요.

바다에 내던져진 나는 하늘에 운명을 맡긴 채 헤엄쳤어요. 그러다 저녁 무렵 어느 바닷가에 겨우 이르렀어요. 너무나 지친 나는 부드러운 풀밭까지 기어가서 드러누웠어요. 그러고는 세상모르고 잠에 빠져들었지요. 평생 그렇게 깊이 잠든 것은 처음이었어요.

눈을 떠 보니 밝은 빛이 내리쬐고 있었어요. 난 일어서려고 했지만 이상하게도 꼼짝도 할 수 없었어요. 웬일인지 온몸이 꽁꽁 묶여 있었지요. 팔다리는 물론 머리, 겨드랑이부터 허벅지까지도 가느다란 밧줄로 친친 감겨 땅에 단단히 고정돼 있었어요. 햇빛은 갈수록 밝아져서 눈을 뜨기조차 힘들었어요. 귓가에 시끄럽게 떠드는 소리가 들렸지만 무슨 일인지 고개를 돌려 바라볼 수가 없었어요. 보이는 것은 하늘뿐이었지요.

잠시 뒤 왼쪽 다리 위에서 무언가 스멀스멀 움직이는 것이

느껴졌어요. 그것은 살금살금 움직여서 내 가슴을 지나 턱밑까지 다가왔어요. 나는 턱을 최대한 끌어당겼어요. 그러자 눈에 들어온 것은 키가 15센티미터 남짓한 사람이었어요! 이작은 사람은 손에 활과 화살을 쥐고 등에 화살통을 메고 있었어요. 그 뒤로 작은 사람들 몇 명이 더 나타났어요.

나는 소스라치게 놀라 소리를 질러 댔어요. 그러자 작은 사람들이 모두 겁에 질려 허겁지겁 달아났어요. 나중에 들은 이야기지만 그 가운데 몇 명은 도망치다 떨어져서 다쳤어요.

하지만 작은 사람들은 이내 되돌아왔어요. 그중 한 명이 용감하게도 내 얼굴이 다 보이는 곳까지 다가오더니 날카롭지만 또렷한 소리로 '헤키나 데굴!' 하고 외쳤어요.

나머지 사람들도 같은 말을 몇 번 외쳤어요. 하지만 나는 무슨 뜻인지 알 수 없었지요. 나는 한참을 몸부림친 끝에 왼팔을 땅바닥에 바싹 붙인 줄을 끊어 냈어요. 그런 다음 머리카락을 바닥에 고정시킨 줄도 느슨하게 풀었어요. 나는 고개를 5센티미터 정도 돌려 보았어요. 그러자 귀를 찢는 비명이 들리더니 누군가가 '톨고 포낙!' 하고 소리쳤어요.

외침과 동시에 백 개는 되는 듯한 화살이 내 왼손으로 날아들었어요. 화살은 바늘처럼 따끔따끔했어요. 작은 사람들

은 다시 한번 화살을 쏘았어요. 대부분은 (아무 느낌도 없었지만) 내 몸에 떨어졌고 일부는 얼굴로 날아왔어요. 나는 왼손으로 얼굴을 가렸어요.

일단 그냥 가만히 누워 있어야겠다는 생각이 들었어요. 이미 왼손은 자유로워졌으니 그대로 기다렸다가 나머지 밧줄을 풀어 버려야겠다고 생각했지요. 이곳 사람들이 모두 그렇게나 작다면 한꺼번에 몰려온다고 해도 혼자서 거뜬히 상대할 수 있다고 생각했어요.

하지만 운명은 내 뜻과는 달리 흘러갔어요. 먼저, 쏟아지던 화살이 멈추었어요. 나는 가만히 주변의 소리에 귀 기울였어요. 갈수록 소란스러워지는 것으로 보아 사람들이 더 몰려온 듯했어요. 그때 오른쪽 귀 바로 위에서 쾅쾅 두드리는 소리가 나더니 소리가 한 시간가량 계속됐어요. 소리가 나는 쪽으로 눈동자를 골려 바라보자 땅에서 45센티미터 정도 높이의 연단(연설하는 사람이 올라서는 작은 무대)을 짓고 있었어요. 작은 사람 네 명이 들어설 수 있는 크기의 연단에 사다리가 두세 개 놓여 있었지요.

작은 사람들은 내 머리의 왼쪽을 묶은 밧줄을 잘라 줬어요. 고개를 오른쪽으로 돌릴 수 있었지요. 그러자 연단 전체가 눈에 들어왔어요. 그 위에서 작은 사람 한 명이 알아들을 수 없는 말로 길고 긴 연설을 늘어놓았어요. 키가 내 가운뎃 손가락보다 조금 더 클 뿐이었어요.

나는 연설을 한 작은 사람의 말에 짧게 몇 마디로 대꾸했어요. 배가 고파 죽을 지경이었던 나는 먹을 것을 달라는 뜻으로 손가락을 입에 가져다 댔어요. 연설을 한 사람이 연단에서 내려와 지시를 내리자 내 옆으로 사다리가 몇 개 놓였어요. 잠시 뒤, 백여 명의 작은 사람들이 고기와 빵이 담긴 바구니를 든 채 사다리를 올라 내 입 주변으로 다가왔어요. 나는 한입에 두세 바구니씩 음식을 먹어 치웠어요. 작은 사람들은 나의 먹성에 놀라 입을 다물지 못했지요.

잠시 뒤 그들은 자기들이 가진 가장 커다란 물통에 물을 채워 내 손에 옮겨 주었어요. 물은 고작 250밀리리터 정도였어요. 내가 단숨에 물통을 비우자 작은 사람들은 두 번 더 물통을 채워 주었지요.

마침내 내가 식사를 마치자 사람들은 환호성을 지르더니 내 가슴 위에서 춤을 추며 '헤키나 데굴!'이라고 외쳐 댔어요.

배불리 먹고 마신 나는 졸음이 밀려왔어요. 사람들이 밧줄을 느슨하게 풀어 주어서 옆으로 돌아누워 곯아떨어졌지요.

나는 여덟 시간 정도 잤어요. 나중에 알고 보니 작은 사람들이 내게 잠들게 하는 약을 탄 물을 준 것이었어요.

내가 자는 동안 작은 사람들은 바퀴가 달린 거대한 장치를 만들었어요. 나를 그 나라의 수도로 옮기기 위해서였어요. 그런 다음 나라에서 가장 힘센 남자 구백 명이 나를 들어 올려 장치 위에 놓고 꽁꽁 묶었어요. 이런 일이 벌어지는 내내 나는 세상모르고 잠을 잤어요. 눈을 떴을 때는 길을 떠난 지 네 시간쯤 지난 뒤였지요.

마침내 바퀴 달린 장치가 어느 버려진 사원 앞에서 멈춰 섰어요. 이 왕국에서 가장 커다란 건물이었지요. 앞쪽의 거대한 문은 높이가 120센티미터, 폭이 60센티미터 정도였어요. 나는 별 어려움 없이 바퀴 달린 장치째 안으로 밀어 넣어졌어요.

사원의 문 양쪽에는 바닥에서 15센티미터가 채 안 되는 높이에 조그만 창이 하나씩 달려 있었어요. 작은 사람들이 한쪽 창으로 쇠사슬 열한 개를 밀어 넣더니 내 왼쪽 다리를 단단히 묶었어요. 문 바로 앞에 고정돼 있는 사슬은 길이가 2미터 남짓이었어요. 사원 안은 내가 팔다리를 쭉 뻗고 누울 수 있는 크기였고요.

이윽고 작은 사람들이 내 몸을 묶었던 밧줄을 모두 끊어
주었어요. 나는 일어나 앉을 수 있었어요. 드디어 몸을 움직
일 수 있어 기뻤어요. 하지만 다음 순간, 평생 처음 느끼는
울적한 기분이 몰려왔어요.

2장

걸리버가 릴리펏의
언어를 배우고 자유롭게 되다

나는 다리에 묶인 사슬을 질질 끌면서 밖으로 나가 일어서서 주위를 둘러보았어요. 그렇게 재미있는 광경은 난생처음이었어요. 온 나라가 한눈에 들어왔는데 마치 커다란 정원 같았어요. 들판에는 가로세로 12미터 정도 크기로 울타리를 둘렀어요. 마치 자그마한 꽃밭들이 늘어선 것처럼 보였지요. 꽃밭 사이사이에는 가로세로 45미터 정도 되는 아담한 숲이 섞여 있었어요. 숲에서 가장 큰 나무의 키는 2미터쯤 돼 보였지요. 왼쪽으로 보이는 시내는 극장에 무대 배경으로 그려 놓은 도시 같았어요.

황제가 바로 옆에 병사들을 거느린 채 말을 타고 나타났어요. 말들이 커다란 내 모습을 보고 겁에 질려 날뛰자 황제가 가까스로 진정시켰어요. 황제는 신하들보다 내 손톱 하나만큼 키가 더 컸어요. 강인하고 남자다운 얼굴이었지요. 황제는 스물여덟 살이었는데 칠 년째 나라를 잘 다스리고 있었어요. 황제의 옷은 무척 소박했지만 머리에 쓴 가벼운 투구에는 금은보화가 달려 있었어요. 황제는 내가 혹시라도 사슬을 끊고 풀려날 것에 대비해 칼을 뽑아 들고 있었어요.

황제가 내게 이것저것 말을 걸었지만 무슨 말인지 알 수가 없었어요. 나는 되는대로 대충 대꾸했어요. 우리는 서로 한 마디도 알아듣지 못했어요. 옷차림과 태도로 미루어 짐작건대 귀족이나 법률가로 보이는 이들도 내게 말을 걸었어요. 나는 네덜란드어부터 라틴어, 프랑스어, 스페인어에 이탈리아어까지 조금이라도 할 줄 아는 언어는 모조리 써서 이야기해 보았지만 아무 소용없었어요. 그렇게 두어 시간이 흘러 황제와 신하들은 그 자리를 떠났고, 병사들은 나를 철통같이 감시했어요. 병사들은 온 마을에서 몰려온 구경꾼을 막는 일도 해야 했어요.

밤이 가까워져 오자 나는 별 어려움 없이 사원 안으로 기어들어 가서 바닥에 누웠어요. 나는 일주일간 그렇게 바닥에서 잤어요. 그동안 황제는 내가 쓸 침대를 만들게 했어요. 작은 사람들은 자기들이 쓰는 침대 백오십 개를 위아래로 엮어서 내 침대를 만들었어요.

사람들은 매일 아침 양 마흔 마리와 이런저런 음식을 가져다주었어요. 빵과 물도 함께 먹을 만큼 왔지요. 600명의 사람이 내 하인으로 일했고 황제의 명령을 받아 재단사 300명이 그 나라의 복식에 따라 옷을 지어 주었어요. 그리고 황제의 가장 훌륭한 스승 여섯 명이 와서 내게 그 나라의 말을 가르쳤어요.

3주쯤 지나자 나는 그 나라의 말로 제법 말할 수가 있었어요. 영광스럽게도 황제가 나를 자주 찾아와서 우리는 그럭저럭 대화를 나누기 시작했지요. 내가 처음으로 황제에게 한 말은 자유롭게 풀어 달라는 요청이었어요. 나는 날마다 무릎을 꿇고 되풀이해 청했어요. 황제는 시간이 좀 필요하다며 참을성 있게 기다리라고 했어요.

황제는 또 내가 지닌 물건에 대해 걱정된다고 말했어요. 나는 황제의 요청에 따라 권총 사용법을 보여 주었어요. 놀라지 말라고 미리 말한 뒤 허공에 공포탄을 쏘았지요. 그러자 주위에 있던 사람들 수백 명이 마치 정말로 총에 맞은 것처럼 픽픽 쓰러졌어요. 황제도 간신히 서 있기는 했지만 얼굴이 새하얗게 질렸지요.

나는 사람들의 믿음을 얻을 수만 있다면 무슨 일이든 했어요. 녹슨 칼과 권총을 당장 내놓았지요. 그러자 사람들도 차츰 나를 두려워하지 않게 되었어요. 내가 누워 있으면 이따금 대여섯 명씩 내 손바닥에서 춤을 추기도 하고 아이들은 내 머리카락에서 숨바꼭질을 했어요. 왕실의 말들도 더는 내가 무섭지 않은지 내 발 위까지 올라오곤 했지요.

그러는 동안 나는 끊임없이 자유롭게 풀어 달라고 말했어요. 하도 끈질기게 요청하자 마침내 황제도 처음에는 장관들과, 다음에는 의회에서 그 문제를 의논했어요. 스카이레시볼골람이라는 사람만 빼고 아무도 반대 의견을 내지 않았어요. 스카이레시는 별 이유도 없이 반대해서 나의 원수가 되었어요.

한참을 설득한 끝에 결국 스카이레시도 나를 풀어 주는 일에 찬성했어요. 하지만 조건을 달아야 한다고 했지요. 나는 그 나라의 법률이 정한 방식대로 그 조건을 지키겠다는 선서(여러 사람 앞에서 진실하게 약속하는 것)를 해야 했어요. 왼손으로 오른발을 잡고 오른손의 가운뎃손가락을 정수리에 올린 다음 엄지를 귀 끝에 대고 선서해야 했지요. 그 조건을 적은 문서를 우리말로 번역하자면 다음과 같은 내용이었어요.

릴리펏의 가장 위대한 황제, 골바스토 모마렌 에블레임 거딜로 시핀 뮬리 울리 구께서는 우주의 기쁨이자 두려움이며 그 영토가 5블러스트러그(둘레 약 20킬로)에 펼쳐져 지구 끝까지 이르도다. 왕 중의 왕이며 세상 그 누구보다 키가 큰 황제는 그 발을 세상의 중심에 내리고 그 머리가 태양에 닿으며 고갯짓 한 번에 온 세상의 군주들이 무릎을 벌벌 떨도다. 황제께서는 봄처럼 온화하고 여름처럼 넉넉하며 가을처럼 풍요롭고 겨울처럼 냉혹하시도다. 황제께서 최근 우리나라에 도착한 산 같은 사람에게 아래의 내용을 말씀하시니 산 같은 사람은 이를 진실한 약속으로 지킬지어다.

첫째, 산 같은 사람은 황제의 국새(도장)가 찍힌 허가서 없이는 이 나라를 떠날 수 없다.

둘째, 산 같은 사람은 특별한 명령 없이는 나라의 수도에 들어올 수 없다. 수도로 들어오고자 할 때에는 반드시 두 시간 전에 알려서 주민들이 집 안으로 피할 수 있게 한다.

셋째, 산 같은 사람은 큰길로만 다녀야 하며 풀밭이나 옥수수밭에 들어가 걷거나 누워서는 안 된다.

넷째, 위의 큰길을 걸을 때는 이 나라의 사랑스러운 백성과 말과 마차를 밟지 않도록 특히 조심해야 하며 허락 없이 어느 백성도 손으로 잡아서는 안 된다.

다섯째, 전령(명령을 전하는 사람)이 이동해야 할 경우, 산 같은 사람은 한 달에 한 번 엿새 동안 전령과 말을 주머니에 넣어 운반해야 하며, (필요하면) 그 전령을 다시 황제 앞에 무사히 데려다주어야 한다.

여섯째, 산 같은 사람은 우리의 편이 되어 블레푸스쿠 섬의 적들과 싸워야 하며 우리를 침략하려 호시탐탐 기회를 엿보는 적의 함대를 최선을 다해 물리쳐야 한다.

일곱째, 산 같은 사람은 쉬는 동안 우리 일꾼들이 대정원과 같은 왕실 건물의 벽을 쌓을 때 커다란 돌덩이를 들어 주어야 한다.

여덟째, 산 같은 사람은 두 달 안에 이 나라의 경계를 정확히 측정해야 한다.

마지막으로, 위에 쓰인 내용을 모두 지키겠다고 진실하게 약속하면 산 같은 사람에게는 우리 백성 1,728명분의 고기와 음료를 매일 제공한다. 또한 왕실과 다른 곳을 자유로이 드나들 수 있다.

황제 치세 91월 12일, 벨파보락 성에서 작성함.

문서 안의 몇 가지 조건은 별로 마음에 들지 않았지만 나는 기꺼이 즐거운 마음으로 이 조건들을 지키겠다고 선서했어요.

나는 마침내 쇠사슬에서 풀려나 자유의 몸이 되었어요. 나는 황제의 발 앞에 무릎을 꿇어 감사하다는 뜻을 전했어요. 황제는 내게 일어서라고 하더니 내게 쓸모 있는 신하가 되어 나라가 베풀어 준 친절한 마음에 보답하라고 했어요.

3장
릴리펏과 이웃나라 블레푸스쿠의 전쟁을 막다

쇠사슬에서 풀려난 뒤 내가 처음으로 한 요청은 나라의 수도, 밀덴도를 구경하게 해 달라는 것이었어요. 황제는 허락해 주면서도 사람들과 집에 해를 끼치지 않겠다는 다짐을 받았어요.

밀덴도를 에워싼 성벽은 높이가 70센티미터 정도에 너비가 적어도 30센티미터는 되었는데 성벽을 따라 3미터쯤 거리를 두고 튼튼한 탑들이 이어져 있었어요. 나는 서쪽 문 위를 살며시 넘어 들어간 다음 큰길 두 개를 따라서 혹시라도 길 위에 사람이 있을까 살피며 조심조심 걸었어요.

황제의 궁전은 큰길 두 개가 만나는 밀덴도의 중심에 있었어요. 궁전과 6미터쯤 간격을 두고 60센티미터 높이의 벽이 건물을 둘러싸고 있었어요. 바깥쪽 궁전은 사방 12미터 정도의 크기였고 그 안에 궁전 두 채가 더 있었지요. 가장 깊숙한 안쪽에 황제가 머무는 궁이 있었는데 나는 그곳이 몹시 보고 싶었어요. 하지만 몸집이 거대한 나는 거기까지 가기가 쉽지 않았지요.

자유를 얻은 지 일주일쯤 지난 어느 날이었어요. 가장 가까이서 황제를 모시는 신하가 이제는 내 집이 된 사원을 찾아와 은밀히 이야기를 나누고 싶다고 했어요. 나는 황제의 신하가 내 귀 가까이에 올 수 있게 바닥에 눕겠다고 했는데 황제의 신하는 내 손 위에서 이야기하겠다고 했어요.

황제의 신하는 먼저 내게 자유를 얻은 걸 축하한다고 말했어요. 하지만 궁정의 상황이 요즘 특히 불안하기 때문에 생각보다 쉽게 허락된 거라고 덧붙였지요. 황제의 신하는 지난 두어 달 동안 이웃 섬나라인 블레푸스쿠 사람들이 릴리펏으로 쳐들어오려 준비 중이라고 했어요. 나는 이미 세상에는 몸집이 나처럼 큰 사람들의 나라가 수없이 많다고 이야기했지만, 릴리펏 사람들의 머릿속에는 릴리펏과 블레푸스쿠 두 나라뿐이었지요. 릴리펏과 블레푸스쿠는 거의 7년간 전쟁 중이라고 했어요. 처음 전쟁이 시작된 이유는 달걀 때문이었어요.

릴리펏에서 달걀을 깰 때는 넓적한 쪽을 깨뜨리는 것이 당연했어요. 그런데 현재 황제의 할아버지가 넓적한 쪽으로 달걀을 깨다가 손가락을 벴대요. 그 이후로 그 황제는 모든 백성은 달걀을 뾰족한 쪽으로 깨뜨려야 한다는 법을 만들었어요. 백성들은 말도 안 된다며 이 법에 반대했고 여섯 번의 반란이 일어났어요. 그러는 동안 황제 한 명이 목숨을 잃었고 또 한 명은 황제 자리에서 물러났지요. 뾰족한 쪽으로 달걀을 깨느니 차라리 죽음을 택한 사람이 일만일천여 명에 이른다고 했어요.

한편 옆 나라인 블레푸스쿠 궁정 사람들은 잘됐다 싶었는지 온 힘을 다해 릴리펏에서 일어난 반란을 부추겼어요. 수많은 사람이 블레푸스쿠로 달아났지요. 달아난 사람들은 블레푸스쿠 궁정에서 어마어마한 권력을 거머쥐었고 달걀 문제를 둘러싼 피비린내 나는 전쟁이 시작되었어요. 지금까지 이미 수천 명이 목숨을 잃었지요. 급기야 블레푸스쿠는 이제 거대한 함대를 준비해 릴리펏을 쳐들어오려 한다고 했어요. 이런 사정이니 황제는 몸집이 거대한 나에게 도움을 요청하는 거였어요.

적군인 블레푸스쿠의 함대는 전쟁할 때 쓰는 배 약 50척과 물건과 사람을 실어 나르는 수많은 배로 이루어져 있었어요. 나는 쇠막대기와 튼튼한 밧줄을 잔뜩 마련해 달라고 했어요. 릴리펏 사람들이 준 밧줄은 내게 실 같은 두께였고 쇠막대기는 뜨개바늘만 했어요. 나는 실 같은 밧줄을 두 줄씩 꼬고 쇠막대기는 세 개씩 모아 꼰 뒤 끝을 구부려 쇠갈고리를 만들었어요. 갈고리 50개가 준비되자 나는 바닷가로 향했어요.

나는 외투와 신발, 양말을 벗고 바다로 첨벙첨벙 걸어 들어갔어요. 바다를 얼마간 헤엄치다 보니 발이 다시 땅에 닿았고 30분도 채 걸리지 않아 적의 배들이 모여 있는 곳에 이르렀어요. 배 안에 있던 블레푸스쿠의 병사들은 깜짝 놀라며 배에서 뛰어내리더니 육지 쪽으로 헤엄쳐 도망쳤어요.

나는 갈고리를 꺼내 배마다 하나씩 걸었어요. 그러는 동안 블레푸스쿠의 병사들은 나를 향해 화살 수천 발을 쏘아 댔어요. 몹시 성가셔서 일하기가 힘들 지경이었지요. 화살이 눈을 찌를까 봐 가장 걱정스러웠는데 다행히 안경이 있어서 꺼내 썼어요.

나는 갈고리에 밧줄을 걸고 단단히 묶은 다음 끌어당기기 시작했어요. 앞으로 걸어 나가자 내 뒤로 블레푸스쿠의 배들

이 쑥 끌려왔지요. 내가 자기 나라의 배들을 통째로 끌고 가는 모습을 본 블레푸스쿠 사람들은 뭐라 설명할 수도 알아들을 수도 없는 소리를 질렀어요. 슬픔과 절망으로 가득 찬 비명이었지요.

나는 한 시간쯤 걸려 릴리펏의 항구에 이르렀어요. 황제와 황실 사람이 모두 나와서 나를 기다리고 있었어요. 목소리가 들릴 만큼 가까이 다가가자 나는 밧줄을 치켜들고 큰 소리로 외쳤어요.

"천하무적 릴리펏 황제 폐하 만세!"

황제는 크게 기뻐했어요. 황제는 이 기회에 나를 이용해 블레푸스쿠로 쳐들어갈 생각이라고 말했어요. 블레푸스쿠로 도망간 사람들을 없애고, 달걀의 뾰족한 부분만 깰 수 있는 세상을 만들 거라고 했어요. 황제가 뭐든 마음대로 할 수 있는 세상을 만든다고 했지요. 하지만 나는 자유롭고 용감한 사람들을 노예로 만드는 일에 앞장설 수는 없다고 말했어요. 블레푸스쿠로 쳐들어가지 않겠다고도 말했지요. 이 문제로 의회에서 회의가 열렸어요. 회의에서 지혜롭고 현명한 대신들은 나와 의견이 같았어요.

황제는 당장은 아무 말도 하지 않았지만 속으로는 자기의 뜻을 거스른 나를 용서하지 않았어요. 그때부터 내가 잘못되기를 바라는 대신들과 황제가 함께 나쁜 계획을 세웠지요. 두 달이 채 지나지 않아 나는 완전히 큰일 날 지경에 이르렀어요. 황제의 명령을 거스른 대가는 그토록 참혹했지요.

내가 용맹하게 적군 블레푸스쿠의 모든 배를 끌고 온 뒤 3주가 지난 어느 날이었어요. 블레푸스쿠에서 한 무리의 사람들이 와서 릴리펏의 황제에게 평화 협정을 맺자고 했어요. 그 조건이 릴리펏에게 매우 유리했기 때문에 황제는 얼른 협정을 맺었어요. 그 뒤에 블레푸스쿠 사람들이 나를 찾아왔어요. 내가 황제에게 블레푸스쿠로 쳐들어가지 않겠다고 한 말을 전해 듣고 감사의 인사를 하러 온 것이었지요. 블레푸스쿠 사람들은 나의 용맹함과 친절한 마음을 칭찬하며 자기들의 나라로 초대했어요.

나는 릴리펏의 황제에게 블레푸스쿠를 방문하도록 허락해 달라고 청했어요. 황제는 알았다고 하면서도 어딘가 태도가 쌀쌀맞았는데 그때는 이유를 알지 못했어요.

4장
릴리펏의 위협에 걸리버가
블레푸스쿠로 달아나다

릴리펏이라는 이 별난 나라에 대해 조금 설명할까 해요. 사람들의 키는 대개 15센티미터가 못 되었어요. 몸집이 가장 큰 말과 소는 10에서 13센티미터 사이였고 가장 큰 양의 키가 4센티미터쯤이었어요.

릴리펏 사람들은 사람이 죽으면 죽은 사람을 똑바로 눕혀서 묻지 않고 머리를 아래쪽으로 향하게 거꾸로 세워서 묻었어요. 그리고 죽은 자들이 일만일천 년 후에 모두 다시 살아난다고 믿었어요. 지구가 평평하다고 믿는 릴리펏 사람들은 죽은 자들이 다시 살아날 때면 세상이 거꾸로 뒤집히기 때문에 그렇게 묻어야 다시 두 발로 땅을 딛고 똑바로 선 채 살아

난다고 여겼지요.

나는 릴리펏에서 9개월 13일을 지내며 릴리펏의 여러 가지 풍습을 배웠어요. 나를 두고 꾸민 음모가 없었다면 좀 더 오래 머물렀을 수도 있겠지요.

나는 약속된 날에 블레푸스쿠의 황제를 만나러 갈 준비를 하고 있었어요. 그때 릴리펏의 궁정에서 제법 힘 있는 사람 한 명이 조용히 내게 찾아와 이야기를 청했어요.

궁정 사람은 스카이레시 볼골람이 세력을 모으고 있다고 전했어요. 나에게 릴리펏을 배반했다는 반역죄와 다른 여러 죄를 뒤집어씌워 고소장을 준비했다고 했지요. 그간 내가 릴리펏을 도운 일에 대해 고마움을 느낀 이 궁정 사람은 내게 이러한 사정을 전해 주며 고소장을 베낀 것을 건네주었어요. 고소장의 내용은 다음과 같았어요.

퀸버스 플레스트린(산 같은 사람)에 대한 고소장

제1항
위의 퀸버스 플레스트린은 블레푸스쿠의 모든 배들을 빼앗아 이 나라로 끌고 왔습니다. 그 후 황제께서는 퀸버스 플레스트린에게 블레푸스쿠 제국으로 쳐들어가 블레푸스쿠를 릴리펏의 영토로 만들고 그쪽으로 도망간 사람들을 해치우라는 명령을 내리셨습니다. 그러나 퀸버스 플레스트린은 무고한 사람들의 자유와 생명을 빼앗고 싶지 않다며 명령에 따르지 않았습니다.

제2항

퀸버스 플레스트린은 블레푸스쿠 사람들이 찾아왔을 때, 그들이 릴리펏의 적인 줄 알면서도 그들의 초대를 받아들였습니다.

제3항

위의 퀸버스 플레스트린은 황제께 말로만 허락받았을 뿐, 황제의 국새가 찍힌 허가서를 받지 않았는데도 현재 블레푸스쿠로 갈 준비를 하고 있습니다. 이는 앞서 그가 한 선서의 내용을 지키지 않는 행동입니다. 또한, 충성스럽지 아니하게도 엄연히 릴리펏의 적인 블레푸스쿠를 도우려 하고 있습니다.

이것 말고도 조항이 몇 개 더 있었지만 가장 중요한 내용은 위의 조항들이었어요. 궁정 사람의 말에 따르면 스카이레시와 그 무리는 나를 죽여야 한다고 주장했대요. 그리고 한

밤중에 내 집에 불을 지르고, 병사 이만 명을 보내 내 얼굴과 손에 독화살을 쏘자고 했대요.

하지만 전에 나를 찾아왔던 황제의 신하가 자비를 베풀어 달라고 간청했다고 해요. 황제의 신하는 황제에게 나를 죽이지 말고 내 두 눈만 멀게 해도 될 거라 말했어요. 그러면 나의 거대한 몸과 힘은 그대로 이용할 수 있다고 말이지요.

황제의 신하는 그 뒤에도 내가 명령을 안 들으면 내게 가져다주는 음식의 양을 서서히 줄여서 굶겨 죽일 수도 있다고 했어요. 내가 죽고 난 뒤 오륙천 명의 백성이 나의 살을 발라 내서 멀리 떨어진 곳에 묻으면 전염병의 위험도 피할 수 있고, 뼈대를 전시해 황제를 배반하면 어떻게 되는지를 사람들에게 보여 줄 수도 있다고 했지요. 대부분의 대신들은 이 의견에 찬성했어요. 나의 눈을 멀게 하는 벌은 사람들에게 널리 알리기로 했어요. 하지만 굶겨 죽이는 계획은 비밀에 부치기로 했지요.

사람들은 황제가 너그러워서 나를 죽이지 않고 두 눈만을 멀게 하는 형벌을 내렸다고 생각했어요. 하지만 솔직히 나는 너그러움은 간데없고 가혹하기 이를 데 없다는 생각만 들었어요. 나는 당당히 재판에 나서서 나를 변호할까도 생각했지만 그러지 않기로 했어요. 지금까지 여러 재판들을 봤을 때 별로 공평하고 올바르다는 생각이 들지 않았거든요. 한편으로 나는 마음만 먹으면 릴리펏쯤은 송두리째 날려 버릴 수 있다는 생각도 들었어요. 하지만 이내 몸서리를 치며 마음을 바로잡았어요. 마침내 나는 어떻게 할지 정했어요.

그로부터 사흘이 채 지나지 않은 때였어요. 나는 나를 도와준 궁정 사람에게 편지를 보내 그날 아침 블레푸스쿠로 떠나겠다고 알렸어요. 나는 답장을 기다리지 않고 바로 수많은 배들이 닻을 내리고 있는 바닷가로 갔어요. 거대한 배 한 척에 짐을 몽땅 실은 다음 배를 끌고 반쯤은 걷고 반쯤은 헤엄치며 블레푸스쿠로 향했어요.

블레푸스쿠 사람들은 나를 눈이 빠지게 기다리고 있었어요. 도착한 지 한 시간도 지나지 않아 황제가 왕족과 높은 관리들을 거느리고 나를 맞으러 왔어요. 나는 정성스러운 대접을 받았지만 머무를 집과 침대가 마련되지 않아 담요 한 장만 덮고 바닥에서 자야 했어요.

5장

뜻밖의 행운으로 블레푸스쿠를 떠나
고향으로 돌아가다

블레푸스쿠에 오고 나서 사흘이 지났어요. 섬의 북동쪽 끝으로 걸어가 보았는데 저 멀리 바다에 뒤집힌 보트 같은 것이 보였어요. 바다로 이삼백 미터쯤 걸어 들어가 보니 정말 보트였어요. 폭풍에 휩쓸려 어느 커다란 배에서 떨어져 나온 듯했어요.

나는 곧장 황제에게 달려가 남아 있는 가장 큰 배 스무 척과 병사 삼천 명을 빌려 달라고 부탁했어요. 그러고 나서 나는 처음 보트를 발견한 바닷가로 돌아갔어요.

보트는 밀물을 타고 더 가까이 밀려와 있었어요. 황제에게 부탁한 배와 병사가 도착하자 나는 옷을 벗고 바다로 첨벙

첨벙 걸어 들어간 다음 보트에서 백 미터쯤 떨어진 곳부터는 헤엄을 쳤어요. 나는 허리춤에 밧줄을 묶고 갔지요. 보트에 도착한 다음에는 앞쪽 구멍에 밧줄을 걸어 단단히 묶었어요. 그리고 밧줄을 병사들이 타고 있는 큰 배들에 붙들어 맸어요. 그렇게 해서 배들은 보트를 끌어당기며 가고, 나는 뒤에서 헤 엄치며 보트를 밀었어요. 마침내 보트가 바닷가에서 35미터 정도 떨어진 곳에 이르렀어요. 우리는 그곳에서 멈추고 썰물 이 일어날 때까지 기다렸어요. 물이 다 빠지자 모래 위에 보 트가 드러났어요. 보트를 뒤집어 보니 몇 군데만 고치면 긴 항해도 할 수 있을 것 같았어요.

나는 황제에게 행운의 여신이 내가 고향으로 돌아가도록 이 배를 보냈다고 말했어요. 그리고 블레푸스쿠를 떠나게 허 락해 달라고 하며 배를 고칠 재료도 내어 달라고 부탁했어 요. 황제는 모두 허락해 주었어요.

그러는 동안 릴리펏에서 나에 대한 고소장과 함께 한 무리 의 사람들을 보냈어요. 이들은 내게 만약 릴리펏으로 돌아오 지 않으면 황제를 배반한 나쁜 반역자가 된다고 했어요. 그 리고 블레푸스쿠의 황제에게는 두 나라 사이의 평화를 유지 하려면 내 손발을 꽁꽁 묶어 릴리펏으로 돌려보내라고 강력

하게 요구했지요.

블레푸스쿠의 황제는 이러한 요청을 거절했어요. 대신 내게 블레푸스쿠를 위해 일한다면 철저히 보호해 주겠다고 했어요. 나는 황제의 말이 진심이라고 생각했어요. 하지만 나는 더 이상 싸움에 끼거나 다툼의 원인이 되고 싶지 않았어요. 나는 황제에게 고향에 돌아가기 위해 위험을 각오하고 바다로 나서겠다고 했어요.

나는 황제의 일꾼 오백 명의 도움을 받아 보트를 손보기 시작했어요. 아주 튼튼한 리넨 천 열세 장을 엮어서 돛 두 개도 만들었어요. 커다란 돌 하나를 닻으로 쓰고 가장 큰 나무 몇 그루를 베어 노와 돛대를 만들었지요. 한 달쯤 뒤 수리가 끝났고 나는 떠날 준비를 마쳤어요.

황제의 명령으로 배에는 음식과 물, 금화 몇 주머니 그리고 황제의 모습이 실제 크기로 그려진 그림이 실렸어요. 나는 그림이 망가질까 봐 장갑 한쪽에 넣었지요. 또 암소 여섯 마리와 황소 두 마리도 함께 실었어요. 고향으로 데려가 계속 키우며 새끼를 낳게 할 생각이었지요.

1701년 9월 24일 아침 여섯 시에 나는 바다로 나섰어요. 이틀이 지났을 때 내 배의 남동쪽으로 향하는 범선(돛을 단

배) 한 척이 보였어요. 그리고 그날 저녁 다섯 시에서 여섯 시 사이에 그 배를 따라잡았지요. 배에 걸린 내 고향, 잉글랜드의 깃발을 보자 가슴이 마구 뛰었어요.

그 배는 일본에서 잉글랜드로 돌아가는 상선(사람이나 짐을 나르는 배)이었어요. 선장은 항해 경험이 많고 친절한 뱃사람이었어요. 하지만 내가 누구이며 어느 곳에 머물렀는지 들려주자 나를 미친 사람으로 여겼어요. 그래서 나는 10에서 13센티미터 정도의 작은 암소와 황소를 선장에게 보여 주었어요. 선장은 무척 놀라워했어요. 또 블레푸스쿠 황제의 그림을 보여 주니 더욱 놀라 벌어진 입을 다물지 못했지요.

1702년 4월에 나는 집으로 돌아왔어요. 아내와 아이들과 함께 다정한 시간을 보냈어요. 하지만 두 달 후, 나는 다시 떠나고 싶어 좀이 쑤셔서 더는 머물 수가 없었어요.

2부
브롭딩낵 여행

1장

바다 한가운데서 물을 구하려다
거인 농부를 만나다

성격도 운명도 좀처럼 한곳에 머물지 못하는 나는 다시 고향을 떠났어요. 아내와 아이들에게 작별 인사를 하고 선장 존 니콜라스가 이끄는 상선 어드벤처호에 올랐지요.

우리는 1702년 6월 20일에 항해를 시작했어요. 그리고 세찬 바람을 타고 남아프리카공화국의 희망봉을 거쳐 마다가스카르 해협까지 갔어요.

이듬해 4월 19일, 거센 폭풍이 몰아쳐 우리 배는 인도네시아의 말루쿠제도 동쪽에 이르렀어요. 폭풍은 20일 동안 계속됐고 그 바람에 우리는 동쪽으로 2,400킬로미터가량이나 떠밀려 갔어요. 배에 아직 식량은 남아 있었지만 마실 물이 거의 다 떨어졌어요.

6월 16일이었어요. 거대한 육지가 눈에 들어왔어요. 육지의 남쪽에 좁다랗게 튀어나온 땅 안쪽으로 얕은 바다가 펼쳐진 만이 있었어요. 우리는 그 가까이에 닻을 내렸어요. 그런 다음 선장은 작은 보트에 선원을 열 명 정도 태운 다음 육지로 가서 물을 구해 오라 했지요. 나도 이 새로운 땅을 둘러보고 싶어 함께 나섰어요.

선원들이 얕은 만에서 물을 찾는 동안 나는 혼자서 다른 쪽으로 가 보았어요. 주변에는 거친 돌밭 말고는 아무것도 없었어요. 그래서 나는 선원들이 있는 곳으로 돌아갔어요. 그런데 그곳에 도착한 나는 깜짝 놀랐어요. 선원들이 작은 보트에 올라타고는 도로 재빨리 어드벤처호를 향해 노를 젓고 있었던 거예요.

더욱 놀랍게도, 그 뒤로 거대한 사람이 선원들을 쫓아 바다로 걸어 들어가고 있었어요! 깊은 바닷물은 거인의 무릎까지밖에 오지 않았고 거인은 어마어마한 속도로 성큼성큼 걸었어요. 하지만 선원들은 이미 멀찍이 앞서가고 있었기 때문에 거인이 따라잡기는 어려울 것 같았어요. 거인은 곧 땅으로 돌아올 터였어요. 나는 거인이 뒤돌아서 나를 보기 전에 죽을힘을 다해 그곳에서 달아났어요.

얼마나 지났을까? 가파른 언덕을 오르자 주변이 잘 보였어요. 그런데 나는 땅을 뒤덮은 풀을 보고 눈이 휘둥그레졌어요. 풀의 길이가 6미터는 되었거든요. 빽빽하게 들어찬 거대한 풀 사이로 가려니 걷기가 힘들었어요.

이윽고 풀이 없는 큰길을 찾은 나는 길을 따라 한참을 걸었어요. 길 양쪽으로는 높이가 12미터는 넘는 옥수수밭이 펼쳐져 있어서 아무것도 보이지 않았어요. 그렇게 한 시간쯤 걷다 보니 이쪽 밭에서 다음 밭으로 넘어갈 수 있는 돌계단이 나타났어요. 하지만 계단 하나의 높이가 2미터 가까이 되어서 오를 수가 없었지요. 역시 이곳은 거인들의 나라였어요.

돌계단 사이에 틈이나 발을 디딜 수 있는 곳이 있는지 찾고 있는데, 옆 밭에 있던 거인 하나가 내가 있는 쪽을 향해 다가왔어요. 이 거인은 바다에서 보았던 거인만큼 키가 컸고 한 걸음에 거의 10미터씩 움직이는 듯했어요.

계단 꼭대기에 이르자 거인은 멈추어 서서 큰 소리로 누군가를 불렀어요. 목소리가 어찌나 크게 울리는지 처음에는 천둥이 치는 줄 알았어요.

거인 일곱 명이 손에 낫을 들고 달려왔어요. 이 거인들은 처음 나타난 거인만큼 잘 차려입지 않았기에 농장의 일꾼들이라 생각했어요. 먼저 나타난 거인이 일꾼들에게 뭐라고 잠시 이야기하자 일꾼들이 내 가까이에 있는 옥수수를 베기 시작했어요. 나는 가능한 한 멀리 달아났어요. 하지만 이따금 옥수수 줄기 사이의 간격이 너무 좁아서 사이를 비집고 다니기가 무척 힘들었어요. 게다가 땅에 떨어진 옥수수자루의 삐죽한 가장자리는 뻣뻣하고 날카로웠어요. 걸핏하면 옷을 찢고 살을 베었지요.

어느덧 일꾼들은 내게서 100미터도 떨어지지 않은 곳까지 다가왔어요. 하지만 나는 기운이 다 빠져서 한 발짝도 더 움직일 수가 없었어요. 나는 바닥에 드러누워 차라리 죽기를 바랐어요. 모두가 말리는데도 기어코 두 번째 항해를 떠난 나 자신을 탓했지요. 나는 릴리펏을 떠올릴 수밖에 없었어요. 그곳 사람들은 나를 거인처럼 올려다보았지요. 이 거인들 눈에 나는 릴리펏 사람만 할 테니 얼마나 조그맣게 보일까 하는 생각이 들었어요.

그때 거인 한 명이 내 앞으로 바싹 다가왔어요. 한 발짝만 더 내디디면 나는 거인의 발에 깔려 죽거나 낫질에 두 동강이 날 참이었지요. 나는 겁에 질려 고래고래 소리를 질렀어

요. 그러자 거인이 멈칫하더니 주위를 한참 둘러보았어요. 이윽고 땅에 드러누운 나를 보았지요.

거인은 나를 잠시 빤히 바라보더니 엄지와 검지로 나를 집어 눈앞으로 가져갔어요. 나는 거인이 나를 땅으로 내동댕이칠까 봐 매 순간 두려움에 떨었어요. 흐르는 눈물을 멈출 수가 없었어요. 나는 고개를 한쪽으로 돌려 매달려 있는 게 퍽 힘들다는 걸 알리려고 했어요. 거인은 알아차린 듯한 얼굴로 나를 외투 주머니에 넣더니 옥수수밭에서 처음 봤던 거인에게로 달려갔어요.

처음 봤던 그 거인은 농장의 주인인 농부였어요. 외투 주머니 속에서 지켜보니 일꾼은 농부에게 나를 어떻게 찾았는지 설명하는 듯했어요. 일꾼은 나를 주머니에서 꺼내 땅에 내려놓았어요. 나는 벌떡 일어서서 천천히 왔다 갔다 하며 달아날 생각이 전혀 없다는 뜻을 전했어요. 거인들은 내 옆에 앉았어요. 나는 모자를 벗고 농부를 향해 깊이 허리 숙여 인사했어요. 그러고는 무릎을 꿇은 채 양손을 번쩍 들고는 목이 터져라 살려 달라 애원했어요.

농부가 내게 이것저것 말을 걸자 나는 이 나라, 저 나라 말로 목청 높여 대꾸했어요. 농부가 2미터 앞까지 내게 귀를 갖다 댔지만 아무 소용없었지요. 우리는 서로의 말을 알아듣지 못했어요.

농부는 일꾼들을 다시 밭으로 돌려보냈어요. 그러고는 주머니에서 손수건을 꺼내 반으로 접더니 땅바닥에 펼쳐 놓고 내게 올라가라는 시늉을 했어요. 나는 떨어질까 봐 벌벌 떨며 손수건 위에 팔다리를 크게 벌리고 누웠어요. 농부는 그 상태로 나를 들고 집으로 가서 아내에게 나를 보여 주었어요. 농부의 아내는 처음에는 마치 거미나 쥐라도 본 듯 놀라서 도망쳤어요. 하지만 곧 내가 예의 바르게 행동하는 모습을 보더니 무척 다정하게 대해 주었어요.

점심 식사가 준비되자 가족이 모두 식탁에 모였어요. 농부와 아내, 세 아이 그리고 나이 든 할머니였지요. 식사는 가로가 6미터, 세로가 1미터 정도 되는 커다란 고기 요리였어요. 농부는 자기와 약간 거리를 두고 식탁 위에 나를 올려놓았어요. 식탁은 높이가 9미터쯤 되었어요. 나는 떨어질까 봐 부들부들 떨며 되도록 식탁 안쪽에 있으려고 했어요.

식사가 끝나자 농부는 다시 밖으로 일하러 갔어요. 나는 농부의 아내에게 맡겨졌지요. 농부의 아내는 나를 자기 침대에 올려 쉬게 했어요. 나는 두어 시간을 자며 나의 아내와 아이들과 함께 집에 있는 꿈을 꾸었어요. 하지만 눈을 떠 보니 폭이 90미터 정도에 길이가 60미터도 넘는 커다란 방에 홀로 남아 있었지요. 내가 누운 침대는 높이가 7미터쯤 됐어요. 어떻게 내려갈지 곰곰이 생각하는데, 커다란 쥐 두 마리가 커튼을 기어올라 내게 달려들었어요.

나는 소스라치게 놀라 벌떡 일어서서 긴 칼을 뽑아 들었어요. 끔찍한 쥐들은 양쪽에서 덤벼들었어요. 하지만 나는 죽을힘을 다해 싸워 한 마리를 해치웠어요. 다른 한 마리는 꽁지 빠지게 달아났고요. 엄청난 모험을 치른 나는 숨도 돌리고 기운도 차릴 겸 침대 위를 왔다 갔다 했어요. 쥐들은 몸집이 커다란 개만 했어요. 죽은 쥐의 꼬리 길이를 재어 보니 2미터쯤 되었지요.

잠시 뒤 농부의 아내가 방에 들어왔어요. 피투성이가 된 나를 보고는 달려와서 나를 손바닥 위에 올렸지요. 나는 죽은 쥐를 가리키며 나는 무사하다는 시늉을 해 보였어요. 농부의 아내는 탁자 위에 나를 내려놓고 피를 닦아 주었어요. 칼도 말끔히 닦아 주었고요. 죽은 쥐는 하녀가 부젓가락으로 집어서 창밖으로 던져 버렸어요.

2장

거인들의 구경거리가 되어 공연을 펼치다
궁정으로 들어가다

주인 농부 부부에게는 아홉 살 난 딸이 있었는데 딸이 인형 침대를 손보아서 내게 잠자리를 마련해 주었어요. 작은 수납장 서랍에 침대를 넣은 다음 벽 선반 위에 수납장을 올려놓았어요. 쥐의 공격을 막기 위해서였지요. 농부의 집에 머무는 내내 그곳이 나의 잠자리였어요.

농부의 딸은 손재주가 남달라서 곧 내게 셔츠 일곱 벌과 다른 옷도 몇 벌 지어 주었어요. 또 내게 말을 가르쳐 주는 선생님이기도 했어요. 내가 손으로 가리키는 것마다 자기 나라 말로 뭐라고 부르는지 알려 주었어요. 며칠이 지나자 나는 꽤 많은 말을 할 수 있게 되었어요.

농부의 딸은 내게 '길드리그'라는 이름을 붙여 주었어요. 그 나라 말로 '작은 사람'이라는 뜻이었어요. 나는 농부의 딸을 '글럼달클리치'라 불렀는데, 그 나라 말로 '꼬마 보모(아이를 돌보는 여자)'라는 뜻이었지요.

농부는 나를 이용해서 돈 벌 궁리를 했어요. 나를 상자에 넣어 딸과 함께 옆 마을 장날에 데리고 갔지요. 상자는 사방이 막혀 있었는데 공기가 통하도록 구멍을 몇 개 뚫고 작은 문을 달아 내가 드나들 수 있게 해 놓았어요. 농부의 딸, 글럼달클리치가 세심하게 신경 써서 인형 침대에 있던 이불을 상자에 깔아 주었어요. 나는 가는 동안 상자 안에서 정신없이 흔들렸어요.

처음으로 멈춘 곳은 시내의 여관이었어요. 농부는 여관 주인과 잠시 이야기를 나누더니 시내 곳곳에 광고를 했어요. 조그만 사람 같은 기이한 생물이 있는데 재주를 백 가지나 부리니 구경하러 오라는 광고였지요.

그날 저녁 농부는 나를 넓은 여관방 안에 있는 탁자 위에 올렸어요. 농부가 한 번에 서른 명씩 사람을 들이면 나는 탁자 위를 위풍당당하게 걸어 다녔지요. 나는 그 나라 말로 예의 바르게 인사말을 한 다음 사람들의 건강을 빌며 건배를 했어요. 그러고는 칼을 뽑아 용감한 기사처럼 휘둘렀어요.

그날 나는 사람들 앞에 열두 번 섰어요. 똑같은 행동을 하고 또 했어요. 밤이 되자 나는 지치고 기운이 없어 죽을 것만 같았어요. 화도 났지요. 그런데 농부는 다음 장날에 사람들에게 나를 또 보여 주겠다고 했어요.

농부는 이내 나를 보여 주는 일이 큰 돈벌이가 된다는 걸 알았어요. 그래서 나를 데리고 왕국의 대도시를 돌아다니기로 마음먹었지요. 우리는 먼저 농부의 집에서 5,000킬로미터쯤 떨어진 왕국의 수도를 향해 출발했어요.

글럼달클리치는 나를 상자에 넣고, 상자를 자기 허리에 묶었어요. 그 아이는 상자의 모서리마다 가장 부드러운 천을 골라 둘러 주었어요. 그 안에 있는 나를 위해서였지요. 왕국의 수도를 향해 떠난 지 10주가 지나자 나는 열여덟 개의 큰 시내와 수많은 마을의 신기한 구경거리가 되었어요.

10월 26일에 우리는 왕궁이 있는 수도에 도착했어요. 농부는 커다란 여관방을 빌렸고 나는 하루에 열 번씩 공연했어요. 보러 온 사람마다 놀라서 입을 다물지 못하며 즐거워했지요. 그쯤 되니 나는 그 나라 말을 유창하게 말하고 알아들을 수 있게 되었어요.

농부는 돈을 벌면 벌수록 더 많이 벌고 싶어 했어요. 그러는 동안 나는 너무 힘들어서 입맛도 거의 잃고 비쩍 말랐어요. 농부는 내가 얼마 못 가 죽으리라고 생각했지요. 그즈음 궁정에서 온 신사 한 명이 나를 보더니 농부에게 궁에 가서 왕비께 나를 보여 드리라고 말했어요.

내 공연을 본 왕비는 몹시 좋아했어요. 나는 무릎을 꿇고 왕비의 발에 입 맞추는 영광을 허락해 달라고 했지요. 하지만 왕비는 발 대신 손가락을 하나 내밀었어요. 나는 두 팔로 왕비의 손가락을 끌어안았어요.

왕비는 내가 어느 나라에 살았고 어떤 곳을 다녔는지 등 이것저것 물었고 나는 가능한 한 분명하게 대꾸했어요. 그러자 왕비는 농부에게 나를 팔 생각이 있는지 물었어요. 내가 한 달도 더 못 살 거라고 생각한 농부는 좋아하며 금화 천 닢을 달라고 했어요. 왕비는 그 자리에서 바로 금화를 주고 나를 샀어요.

나는 왕비에게 글럼달클리치가 곁에서 머물며 나를 계속 돌보고 가르치게 해 달라고 부탁했어요. 왕비가 농부를 바라보자 농부는 단숨에 고개를 끄덕였어요. 딸이 궁정에 들어가게 되어 무척 기뻤거든요. 이윽고 농부는 내게 작별 인사를 하며 떠났어요. 나는 내게 친절하지 않았던 농부에게 한 마디도 대꾸하지 않았어요.

3장
상자 방에서 지내며,
왕비의 난쟁이와 싸움을 벌이다

왕은 공부를 많이 하고 아는 것이 많은 사람이었어요. 특히 수학을 좋아했지요. 왕은 내 생김새와 돌아다니는 모습을 보고 나를 어떤 예술가가 만든 기계 장치라고 생각했어요. 하지만 내가 말하는 소리를 듣고는 놀라움을 감추지 못했지요.

왕은 학자 세 명을 불렀어요. 학자들은 나를 요모조모 뜯어보았어요. 그러고는 내가 자연 속에서 살아남을 수 없는 존재라는 데에 뜻을 모았어요. 내가 몸집도 너무 작고 발도 너무 느려서 위험을 피할 수 없을뿐더러 나와 맞서서 이기지 못할 동물은 하나도 없을 거라 생각했기 때문이지요.

학자 하나가 나는 어린 아기일 거라고 했어요. 하지만 다른 학자들이 다 자란 내 몸과 수염을 보며 그럴 리는 없다고 했어요. 학자들은 내가 난쟁이도 아니라고 생각했어요. 지금까지 세상에서 가장 작은 사람이었던 왕비의 난쟁이도 키가 9미터는 되었기 때문이었지요. 한참을 토론한 끝에 학자들은 내가 자연이 만들어 낸 괴물이라고 결론 내렸어요.

나는 나와 비슷한 남녀 수백만 명이 모여 사는 나라에서 왔으며 그 나라에는 사람 크기에 어울리는 동물이며 나무, 집들도 있다고 목소리 높여 말했어요. 하지만 왕은 믿으려 들지 않았어요. 왕과 왕비는 신하들에게 나를 잘 돌보라고 명령하며 글럼달클리치에게 나를 보살피라고 했어요.

왕비는 왕실 가구 장인에게 내 방으로 쓸 상자를 만들라고 했어요. 삼 주가 지나자 가구 장인은 너비와 길이가 5미터쯤 되고 높이가 3.5미터쯤 되는 상자를 만들었어요. 상자에는 커튼을 드리운 창문과 문 하나, 벽장 두 개 그리고 적당한 침대 하나가 있었어요.

천장이 되는 널빤지에는 경첩이 달려서 뚜껑처럼 열고 닫을 수 있었어요. 이불을 빨아야 할 때면 천장을 열고 글럼달클리치가 침대를 꺼낼 수 있었지요. 그리고 바닥에서 천장까지 온통 이불을 깔거나 붙였어요. 상자를 운반하다 혹시 떨

어뜨리더라도 내가 다치지 않게 하려고요.

왕비는 나를 무척 좋아하게 되었어요. 그 나라 풍의 옷을 여러 가지로 지어 주고, 내가 없으면 식사도 하지 않았어요. 왕비의 식탁 위, 왕비의 왼쪽 팔꿈치 바로 옆에는 늘 내 식탁과 의자를 두었지요. 왕비는 나를 위해 갖가지 접시와 은그릇을 한 벌도 빠짐없이 만들어 주었어요. 그릇들은 인형의 집에 들어갈 정도의 크기였지요.

왕비는 식사 때마다 자기 고기를 내 접시에 조금 올려 주곤 했어요. 내가 장난감처럼 조금씩 고기를 썰어 먹는 모습을 보며 즐거워서 어쩔 줄 몰라 했지요. 그런데 내 입장에서는 왕비가 먹는 모습이 좀 거북했어요. 왕비는 몸집이 큰 잉글랜드 농부 열두 명분의 음식을 한입에 넣었기 때문이지요.

어쨌든 가장 싫은 건 왕비의 난쟁이였어요. 이 나라에서 가장 낮은 계급이었던 난쟁이는 자기보다 훨씬 작은 나를 보더니 엄청 우쭐대며 뽐냈어요. 틈만 나면 으스대고 잘난 체하며 내 옆을 지나갔지요.

어느 날 저녁 식사 때였어요. 내가 무슨 말을 했는데 이 난쟁이 녀석이 단단히 약이 올랐는지 나를 크림이 든 커다란 은그릇에 던져 버리고는 줄행랑쳤어요. 나는 그릇에 거꾸로

처박혔어요. 내가 수영을 잘 못 했다면 아마도 빠져 죽고 말았을 거예요. 그때, 식탁 반대편에 있던 글럼달클리치가 얼른 달려와 나를 꺼내 주었어요. 크림을 반의반도 넘게 들이켠 뒤였지요.

글럼달클리치는 크게 걱정하면서 나를 침대에 눕혔어요. 하지만 옷 한 벌을 버린 것 말고 실제로 다친 곳은 없었지요. 난쟁이는 왕비에게 호되게 혼이 난 뒤 나를 빠뜨렸던 크림을 마저 다 마셔야 했어요. 그 일이 있고 얼마 뒤 왕비가 난쟁이를 다른 곳으로 보내 버렸어요. 나는 뛸 듯이 기뻤어요.

왕비는 내가 겁이 많다며 걸핏하면 나무랐어요. 잉글랜드 사람들은 다 나처럼 겁쟁이냐고 묻곤 했지요. 왕비가 나를 겁쟁이라고 여긴 것은 주로 내가 파리만 보면 몸서리를 쳤기 때문이었어요. 이곳의 파리는 몸집이 비둘기만큼 커다래서 마주칠 때마다 움찔움찔 놀랄 수밖에 없었어요. 파리를 잡으려면 칼을 휘둘러야 했어요. 나는 종종 공중에서 파리를 칼로 조각조각 냈는데, 왕비는 그때마다 나의 재주를 크게 칭찬해 주었지요.

사람들에게 나의 용기를 보여 줄 기회가 또 한 번 있었어요. 어느 날 아침, 글럼달클리치가 내 방을 창가에 놓은 뒤,

천장을 뚜껑처럼 열어 두었어요. 맑은 날이면 바람을 쏘여 주려고 자주 그렇게 했지요. 그런데 잠시 뒤, 내가 달콤한 케이크 한 조각을 먹고 있는데 말벌 스무 마리 정도가 갑자기 상자 방으로 들이닥쳤어요. 백파이프 스무 개보다 더 요란한 소리로 윙윙대면서요. 어떤 녀석들은 케이크를 먹고 어떤 녀석들은 내 주위를 날아다니며 침을 쏠 것처럼 겁을 주었어요.

화가 난 나는 벌떡 일어서서 칼을 휘둘러 괴물 같은 말벌 네 마리를 죽였어요. 그러자 나머지 녀석들은 쏜살같이 달아나 버렸지요. 죽은 녀석들의 침을 뽑아 보니 길이가 적어도 4센티미터는 되고 바늘처럼 뾰족했어요. 나는 침을 모두 챙겨 두었어요. 나중에 고향에 돌아갔을 때 사람들에게 다른 진기한 물건들과 함께 보여 주기 위해서였지요.

4장
상자 안에 들어가 여행을 즐기고,
원숭이에게 납치되다

왕비는 평소에 내가 지내는 커다란 상자 방 말고 여행용으로 작은 상자 방을 하나 더 만들라고 명령했어요. 이 여행용 상자는 바닥이 가로세로 3.6미터 정도의 정사각형이었고 세 개의 벽에는 가운데에 창문이 하나씩 있었어요. 사고가 나지 않게 창문마다 철망을 둘러놓았지요. 창문이 없는 벽에는 디귿자로 꺾인 철심 두 개를 달아 상자를 옮기는 사람이 허리띠에 걸 수 있었어요. 이 상자에는 벽장 하나와 천장에 매달린 그물 침대가 있었어요. 또 의자 두 개와 탁자 하나에 나사못을 박아 바닥에 단단히 고정했지요.

글럼달클리치와 나는 마차 한 대를 언제든지 마음껏 쓸 수

있었어요. 그래서 글럼달클리치의 가정 교사는 종종 글럼달
클리치를 마차에 태워 함께 시내 구경을 하거나 상점에 가곤
했어요. 그때마다 글럼달클리치는 나를 여행용 상자 안에 넣
어 데리고 갔어요. 날 자기 손바닥 위에 올려서 길을 따라 지
나는 집이며 사람들을 구경할 수 있게 해 주었지요.

　나의 작은 몸집 때문에 우스꽝스럽고 골치 아픈 일이 여러
번 일어났어요. 그런 일만 아니었다면 나는 이 나라에서 그
럭저럭 행복하게 살았을지도 몰라요. 가장 위험했던 사건은
주방 일꾼이 기르는 원숭이 때문에 일어났어요.

　어느 날, 글럼달클리치가 외출하면서 내가 있는 큰 상자
방을 자기 방에 두고 방문을 잠갔어요. 날이 제법 따뜻해서
방의 창문은 물론이고 내가 있는 큰 상자 방의 창문과 문도
열려 있었지요. 내가 내 상자 방 탁자에 앉아 있는데 상자 바
깥에서 무언가가 껑충껑충 뛰는 소리가 들렸어요. 나는 심장
이 쿵 내려앉았어요.

　상자의 창밖을 내다보니 원숭이 한 마리가 뛰어다니고 있
었어요. 원숭이는 펄쩍펄쩍 뛰어서 내 상자 방까지 왔어요.
원숭이는 한동안 창문마다 들여다보며 히죽대더니 나를 보
고는 쥐를 잡는 고양이처럼 문으로 손을 쑥 집어넣었어요.

나는 이리저리 죽어라 피해 다녔어요. 하지만 원숭이가 내 외투 끝자락을 잡고 나를 밖으로 끌어냈어요. 원숭이는 어미가 새끼를 안듯 나를 안았어요. 빠져나가려고 몸부림쳐 보았지만 그럴수록 더 꽉 안을 뿐이어서 차라리 가만히 있는 편이 낫겠다고 생각했지요. 원숭이는 잠시 나를 쓰다듬었어요. 그때 문 쪽에서 무슨 소리가 났어요. 그러자 원숭이가 나를 팔로 안은 채 창밖으로 펄쩍 뛰어나가더니 지붕으로 기어올랐어요.

이내 궁이 발칵 뒤집혔어요. 하인들은 사다리를 가지러 달려가고 수백 명이 몰려들어 한 팔로 나를 안고 건물 끄트머리에 앉은 원숭이를 구경했어요. 원숭이는 주방에서 훔친 음식 찌꺼기를 억지로 내 입에 밀어 넣었어요. 나를 토닥토닥 두드리면서요. 아래에 있는 사람들이 그 모습을 보고 깔깔대고 웃었어요. 그 사람들을 탓할 생각은 없어요. 그 광경은 나를 뺀 모든 사람의 눈에 배꼽이 빠지게 우스웠을 테니까요.

드디어 사방에 사다리가 놓였어요. 원숭이는 이제 네 발을 다 쓰지 않고는 빠져나가기 힘들겠다고 생각했는지 나를 평평한 자리에 떨구고 꽁무니가 빠지게 달아났어요. 나는 높이가 450미터나 되는 곳에 앉은 채 바람에 날려 떨어져 죽지는 않을까 두려움에 떨었어요. 드디어 하인 한 명이 올라와 나를 땅에 내려 주었어요.

나는 원숭이가 쑤셔 넣은 음식 찌꺼기가 목에 걸려 죽을 지경이었어요. 그러자 나의 사랑스러운 보모인 글럼달클리치가 작은 바늘로 내 입에서 음식을 꺼내 주었어요. 하지만 그 일로 나는 온몸이 아프고 멍들어서 일주일 동안 침대에 앓아누웠어요. 왕과 왕비 그리고 온 궁정 사람들이 날마다 내 건강이 어떤지 물었어요. 원숭이는 멀리 쫓아내 버렸고 궁에 그런 동물을 두면 안 된다는 명령이 내려졌지요.

몸을 추스른 뒤 나는 왕을 찾아갔어요. 왕은 원숭이의 팔에 안겼을 때 무슨 생각이 들었는지 물었어요. 내 고향에서 비슷한 일을 당했다면 어떻게 했겠느냐고 했지요.

나는 왕에게 말했어요. 유럽에는 원숭이가 없고, 있다 해도 몸집이 아주 작아서 열두 마리가 한꺼번에 달려들어도 너끈히 해치울 수 있다고요. 그리고 내게 칼만 있었다면 그 큰 원숭이가 내 방에 손을 넣자마자 칼을 휘둘렀을 거라고 말했어요. 원숭이는 상처를 입고 재빨리 손을 빼냈을 거라고요.

나는 사실 그대로 당당하게 말을 했지만 모두 내 말이 농담이라 여겼는지 깔깔대고 웃기만 할 뿐이었어요.

5장

잇따른 우연한 사건을 통해
고향 잉글랜드로 돌아가다

나는 언젠가는 자유를 되찾아야 한다고 생각했지만 어떻게 해야 할지는 도무지 알 수 없었어요. 왕은 신하들에게 내가 타고 온 배랑 비슷한 배가 또 나타나면 반드시 바닷가로 끌어올리라고 명령했어요. 그리고 배에 탄 사람을 한 명도 남김없이 자신에게 데리고 오라고 했지요. 왕은 내가 나와 같은 작은 여자를 구해서 결혼하고 아이를 낳기를 바랐어요. 하지만 나는 태어날 아이들이 카나리아처럼 새장 속에 갇혀 구경거리가 되게 하느니 차라리 죽는 게 나았어요.

왕과 왕비는 나에게 잘 대해 주었어요. 하지만 나는 고향에 두고 온 가족 생각이 머리에서 떠나지 않았지요. 나는 가족과 함께 지내며 밟혀 죽을 걱정 없이 길거리와 들판을 마음껏 돌아다니고 싶어 죽을 지경이었어요.

거인들의 나라에 머문 지 2년이 지난 때였어요. 왕과 왕비가 왕국 남쪽 해안의 별궁으로 떠나는 길에 글럼달클리치와 나도 함께 가게 되었어요. 여느 때처럼 나는 여행용 상자 안에 실려 갔어요. 별궁에 도착할 즈음 글럼달클리치와 나는 무척 지쳤어요. 나는 가벼운 감기에 걸린 정도였는데 글럼달클리치는 심하게 아파서 침대에 꼼짝없이 누워 있어야 했어요.

나는 바다가 보고 싶었어요. 바다는 내가 탈출할 수 있는 유일한 길이었거든요. 그래서 나는 실제보다 훨씬 아픈 척 꾀병을 부렸어요. 그러고는 나와 제법 친한 심부름꾼 아이 한 명과 함께 상쾌한 바닷바람을 쐬게 해 달라고 글럼달클리치에게 간곡히 부탁했지요. 글럼달클리치가 도무지 내키지 않는 듯 마지못해 그러라고 했어요. 글럼달클리치가 심부름꾼 아이에게 나를 잘 돌보라고 단단히 이르던 모습이 아직도 기억에 생생해요. 글럼달클리치는 무슨 일이 벌어질지 짐작한 듯 눈물을 터뜨렸지요.

심부름꾼 아이는 나를 상자에 넣고 별궁에서 나와 반 시간 정도 걸었어요. 나는 아이에게 내려 달라고 한 뒤 커튼을 열고 울적한 표정으로 바다를 여러 번 바라보았어요. 그러고는 몸이 좋지 않으니 상자 방 안의 그물 침대에서 낮잠을 자고 싶다고 했어요. 아이는 찬바람이 들어오지 않게 창을 꼭 닫아 주었고 나는 이내 잠이 들었어요.

얼마나 지났을까? 갑자기 상자 지붕에 달린 고리를 누군가 거칠게 잡아당기는 느낌이 들었어요. 나는 화들짝 놀라 잠에서 깼어요. 상자가 공중으로 높이 들려 올라가더니 빠른 속도로 이동하는 느낌이 들었어요. 처음으로 상자가 덜컹 흔들렸을 때 나는 침대에서 떨어질 뻔했어요. 도와달라며 몇 번이나 고래고래 소리를 질렀지만 헛수고였지요.

창밖을 내다보았는데 보이는 것은 구름과 하늘뿐이었어요. 머리 바로 위에서 날개가 퍼덕이는 듯한 소리가 들렸고요. 그제야 나는 어떻게 된 일인지 알아차렸어요. 독수리가 발로 내 상자 방을 움켜잡은 채 날아가고 있었던 거에요. 독수리는 내 상자 방을 거북이라고 생각했던 것 같아요. 독수리들은 딱딱한 등딱지 속에 숨은 거북이를 먹기 위해 높은 곳에서 떨어뜨려 깨뜨리는 습성이 있거든요.

얼마 지나지 않아 날갯짓 소리가 더욱 요란해지더니 상자가 바람 부는 날의 표지판처럼 위아래로 마구 흔들렸어요.

그러고는 여기저기 쿵쿵 부딪히며 튕기더니 느닷없이 엄청나게 빠른 속도로 곧장 떨어졌어요. 나는 공포에 휩싸여 기절할 것만 같았어요. 얼마 뒤, 상자는 어마어마한 첨벙 소리와 함께 멈추었어요. 그 소리는 나이아가라폭포에서 나는 소리보다 더 커다랬지요. 다음 순간, 나는 캄캄한 어둠 속에 잠시 놓여 있었어요. 잠시 뒤 상자가 높이 솟아오르는 느낌이 들더니 이윽고 창문 위쪽에 빛이 흘러 들어왔어요.

내 상자 방은 바다로 떨어졌던 거예요. 상자 방 안에 있는 물건들의 무게 때문인지 상자는 아래쪽이 1.5미터쯤 바다에 잠긴 채 둥둥 떠다녔어요. 상자는 빈틈없이 탄탄하게 만들어졌고, 방문도 경첩으로 여닫는 문이 아니라 위아래로 올렸다 내렸다 하는 미닫이여서 그런지 상자 방 안으로는 물이 거의 새어 들어오지 않았지요. 나는 상자 지붕에 달린 문을 살짝 열어 숨을 쉴 수 있었어요. 하지만 유리창 하나만 깨져도 곧 죽게 될 터였어요. 그러다 상자 몇 군데에서 물이 조금씩 스며드는 것을 보자 속이 바싹바싹 탔어요.

그때 나는 사랑하는 글럼달클리치가 곁에 있으면 얼마나 좋을까 생각하고 또 생각했어요. 헤어진 지 고작 한 시간쯤 지났을 뿐이었지요. 나는 그런 힘겨운 상황에서도 나를 잃고 글럼달클리치가 얼마나 슬퍼할지, 왕비는 또 얼마나 언짢아하며 글럼달클리치에게 벌을 내릴지 생각했어요.

그렇게 슬픔에 잠겨 있는데 상자의 철심이 달린 쪽에서 무언가 긁히는 듯한 소리가 났어요. 나는 또 한번 심장이 쿵 내려앉았어요. 이내 상자를 잡아당기거나 어딘가로 끌고 가는 듯한 느낌이 들었어요. 나는 바닥에 고정된 의자의 나사못을 푼 다음 의자를 지붕에 달린 문 바로 밑으로 가져갔어요. 그러고는 의자 위에 올라가 목이 터져라 살려 달라고 외쳤어요. 또 막대기에 손수건을 묶어 지붕의 문틈으로 밀어 넣은 다음 허공에 대고 몇 번이나 흔들었어요.

모든 것이 헛수고였지만 어쨌든 상자가 어디론가 끌려가고 있다는 것은 알 수 있었어요. 한 시간쯤 지나자 상자 뒤쪽이 무언가에 쿵 부딪혔어요. 상자의 고리에 밧줄 같은 것이 스치는 듯한 소리가 들리더니 상자가 적어도 1미터 정도는 들려 올라갔어요. 나는 다시 지붕에 난 문의 틈새로 손수건을 흔들며 목이 쉴 때까지 소리쳤어요.

얼마 뒤, 바깥에서 커다란 고함이 세 번 되풀이해서 들려왔어요. 나는 뛸 듯이 기뻤어요. 그때의 감정은 안 겪어 본 사람은 절대 모를 거예요. 그때, 머리 위에서 시끄러운 소리가 들리더니 누군가 틈에 대고 영어로 소리쳤어요.

"거기 누구 있으면 말을 하세요!"

나는 내가 잉글랜드 사람이라고 말하며 제발 상자에서 꺼내 달라고 빌었어요. 그러자 내 상자를 자기들 배에 안전하게 묶었으며 곧 목수가 상자에 큰 구멍을 뚫어 날 꺼내 주겠다는 목소리가 들려왔어요.

잠시 뒤, 나는 상자에서 풀려났어요. 선원들은 내게 물어볼 것이 많았어요. 하지만 선장이 금방이라도 쓰러질 듯한 내 모습을 보고 나를 자기 선실로 데려가 쉬게 해 주었어요. 잠자리에 들기 전 나는 선장에게 상자 안에 있는 가구들을 챙겨 달라고 부탁했어요. 고급 그물 침대 하나, 의자 두 개, 탁자 하나 그리고 수납장 하나를요. 선장은 선원들을 보내서 가구들을 모두 배 위로 옮겼어요.

나는 몇 시간이나 잤어요. 하지만 내가 떠나온 곳과 내가 겪은 위험한 일들이 꿈에 나타나 잠을 설쳤어요. 내가 깨어나자 선장은 나를 잘 챙겨 줬어요. 그리고는 내가 겪은 일들을 이야기해 달라고 했어요. 어떻게 해서 커다란 상자 안에 들어가게 되었는지, 그리고 어쩌다 바다에 빠지게 되었는지 무척 궁금하다고 했지요.

나는 선장에게 우선 참을성을 가지고 내 이야기를 들어 달라고 간곡히 부탁했어요. 그런 다음 내가 잉글랜드를 떠난 때부터 이 배에 구조된 순간까지 자세히 설명했어요. 내 말이 사실이란 걸 증명하기 위해 나는 내 수납장을 가져다 달라고 했어요. 나는 수납장에 모아 둔 희귀한 물건들을 꺼내 보였어요. 그 가운데는 왕의 수염으로 만든 빗, 길이가 30센티미터에서 45센티미터에 이르는 핀과 바늘, 말벌 침 네 개, 왕비가 손가락에서 빼서 준 거대한 금반지가 있었지요.

선장은 내 이야기에 놀라움을 감추지 못했어요. 그러면서 왜 그렇게 목청을 높여 말하느냐고 물었어요. 나는 거인에게 내 말소리가 들리려면 고함을 쳐야 했다고 말했어요. 내가 소리치는 버릇을 고치기까지는 시간이 좀 걸렸어요.

내가 구조된 배는 중간에 한두 군데 항구에 머무르기는 했지만 마지막 목적지는 내 고향, 잉글랜드였어요. 나는 그곳에 도착할 때까지 계속 배에 머물렀어요. 그리고 1706년 6월 3일, 마침내 고향 땅에 발을 디뎠어요.

집으로 돌아가며 거인 나라에 있던 것들보다 조그만 집들과 나무, 소 그리고 사람들을 보자 마치 릴리펏에 온 듯한 착각이 들었어요. 지나가는 사람들을 밟을까 봐 겁이 나서 비키라고 나도 모르게 몇 번이나 소리를 쳤어요. 그러다가 한 두 번 다칠 뻔하기도 했어요.

집에 도착한 나는 머리를 부딪힐까 봐 허리를 숙이고 문을 지났어요. 아내가 달려와 나를 껴안았는데 나는 무심코 아내의 무릎보다 낮게 몸을 구부렸어요. 항상 높은 곳을 쳐다보던 나는 내 앞에 무릎을 꿇은 딸을 볼 수가 없었어요. 이런 기이한 내 행동 때문에 가족들은 내가 미쳤다고 생각했지요.

오래지 않아 가족들은 나를 이해해 주었어요. 하지만 아내는 내게 다시는 바다로 나가지 않겠다고 약속하라고 했지요. 나는 순순히 약속했어요. 하지만 고약한 나의 운명은 나를 다시금 낯선 세상으로 이끌었어요.

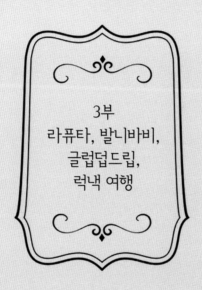

3부
라퓨타, 발니바비,
글럽덥드립,
럭낵 여행

1장
걸리버가 세 번째 항해에 나섰다가
공중에 뜬 섬을 발견하다

집에 온 지 열흘도 채 지나지 않은 어느 날이었어요. 동인 도제도로 항해할 호프웰호의 윌리엄 로빈슨 선장이 내게 찾아와 자기 배에서 의사로 일해 달라고 했어요. 선장은 평소 월급의 두 배를 주겠다고 했어요. 나는 선장을 따라가고 싶었어요. 어쩐지 그 어느 때보다 더 큰 세상을 보러 떠나고 싶어졌지요. 한 가지 문제는 아내를 설득하는 일이었는데 결국 아내도 승낙해 주었지요.

1706년 8월 5일, 우리는 바다로 나섰어요. 그리고 얼마 뒤 통킹으로 갔어요. 그런데 그곳에서 사들이기로 한 물건 가운데 아직 준비되지 않은 것들이 있었어요. 그래서 선장은 통킹에서 한동안 기다려야 했어요. 하는 수 없이 선장은 돛대가 하나인 작은 돛배를 사서 물건 몇 가지를 싣고 선원 열네 명을 태운 다음 나를 그 배의 선장으로 삼았어요. 나는 가까운 섬들을 찾아가서 물건을 팔기 위해 떠났지요.

바다로 나선 지 사흘도 지나지 않은 때였어요. 해적선 두 척이 쫓아오더니 한꺼번에 우리 배로 들이닥쳤어요. 미처 싸울 준비를 못 했던 우리는 무릎을 꿇고 얼굴을 갑판 바닥에 댄 채 납작 엎드렸어요. 해적들은 튼튼한 밧줄로 우리를 꽁꽁 묶어 놓고 보초를 세운 뒤 배를 뒤졌어요.

우리 배에 실려 있던 물건을 다 챙긴 해적들은 우리 선원들을 양쪽 해적선에 같은 수로 나누어 태운 다음 노예로 삼았어요. 선장이었던 나만 노와 돛이 하나 있는 작은 배에 태운 다음 나흘 치 식량과 함께 바다에 떠내려 보냈지요.

바다를 정처 없이 떠돌던 나는 남동쪽에서 섬 몇 개를 발견했어요. 나는 가장 가까운 섬에 가려고 돛을 올렸어요. 그리고 세 시간쯤 뒤에 섬에 이르렀지요. 섬에는 잔풀과 약초만 좀 보일 뿐이었고, 온통 바위투성이였고, 동굴이 많았어요. 나는 식량을 꺼내 먹고 기운을 차린 뒤 나머지는 동굴 안에 감추어 두었어요. 그리고 섬을 돌아다니다가 바위 위에서

알을 잔뜩 주웠어요. 어둑해지자 동굴로 돌아와 잠을 청했어요.

나는 좀처럼 잠을 이루지 못하고 이런저런 생각에 자꾸만 깼어요. 이렇게 바위밖에 없는 곳에서 혼자 살아남을 수 있을까, 혹시 비참한 최후를 맞이하지 않을까 하는 걱정만 들었어요. 나는 다음 날 해가 하늘 높이 떠오를 때까지 그렇게 누워 괴로워하고 있었어요. 마침내 나는 가까스로 일어나 동굴 밖으로 나왔어요. 바위를 따라 잠시 걸었지요. 하늘에는 구름 한 점 없었고, 해가 너무 뜨겁고 눈부셔서 고개를 돌려야 했지요.

그때 갑자기 밝았던 햇빛이 한순간 흐려졌어요. 무슨 일인가 싶어 해가 비치던 곳으로 다시 고개를 돌려 보았어요. 글쎄 거대하고 불투명한 섬 같은 물체가 해를 가리고 있었어요. 그 섬은 3킬로미터 높이의 공중에 뜬 채 6분 정도 해를 가리고 있었어요.

섬은 단단한 물질로 이루어진 듯했고 바닥은 평평하고 매끈해서 아래쪽 바다에서 반사되는 빛으로 밝게 빛났어요. 휴대용 망원경을 꺼내서 보았더니 수많은 사람이 섬 옆면을 오르락내리락하는 모습이 또렷이 보였어요. 무얼 하는지는 알

수 없었지만요.

하늘에 뜬 섬을 보고 내가 얼마나 놀랐는지 아마 상상도 못 할 거예요. 그 섬에 사는 사람들은 섬을 마음대로 움직일 수도 있는 듯했어요. 이내 섬이 내 쪽으로 다가오는 것이 보였어요. 섬이 가까워져 오자 옆면이 모두 길쭉한 방들과 계단으로 덮여 있고 서로서로 연결된 것이 눈에 들어왔어요. 가장 아래층에서는 몇몇이 낚시를 하고 있었어요.

나는 하늘에 뜬 섬을 향해 모자와 손수건을 흔들었어요. 섬이 더 가까이 다가오자 목이 터져라 소리도 질렀어요. 사람들이 한쪽에 모여 나를 가리키는 것이 보였어요. 하지만 내 고함에 대꾸하지는 않았어요.

섬은 내가 선 자리에서 90미터도 떨어지지 않은 위치까지 다가왔어요. 마침내 섬 맨 아래층에서 끝에 의자가 달린 긴 사슬이 나를 향해 내려왔어요. 내가 의자에 앉자 사람들은 도르래로 사슬을 끌어 올렸지요.

2장

라퓨타 사람들의 특징과
그들만의 걱정을 알게 되다

섬에 오르자 나는 사람들에게 둘러싸였어요. 모두 어안이 벙벙해서 나를 바라보았고 나도 같은 마음으로 사람들을 보았지요. 사람들은 모두 고개가 오른쪽 또는 왼쪽으로 기울어져 있었고 한쪽 눈은 안쪽을, 다른 눈은 똑바로 하늘을 향하고 있었어요. 옷은 해, 달, 별과 여러 악기 무늬로 덮여 있었어요. 또 하인으로 보이는 사람들 여럿은 끝에 주머니가 달린 막대기를 들고 있었어요. 주머니 안에는 말린 콩이 조금씩 들어 있었지요. 하인들은 이따금 이 주머니로 곁에 선 사람들의 입과 귀를 툭툭 쳤어요.

나중에 알게 된 것인데 이곳 사람들은 늘 생각하는 데만 빠져 있다고 해요. 그래서 가만히 놔두면 말도 하지 않고 다른 사람의 말을 듣지도 않았어요. 그래서 형편이 되는 사람들은 '툭툭이'라 불리는 하인을 두었어요. 두 사람 이상이 모였을 때 말해야 할 사람의 입과 들어야 할 사람의 오른쪽 귀를 때리는 것이 툭툭이의 일이었지요. 또 산책할 때면 이 하인이 함께 다니며 주인의 눈을 한 번씩 툭툭 쳤어요. 그렇지 않으면 주인은 딴생각에 빠져서 걸핏하면 넘어지고 부딪혔어요.

섬의 꼭대기까지 계단을 오르는 동안에도, 나를 데리고 가던 사람들은 툭하면 자기가 무얼 하는 중이었는지 잊어버렸어요. 그때마다 툭툭이가 툭툭 쳐 주었지요.

드디어 우리는 궁으로 들어가 커다란 방으로 향했어요. 방으로 가자 화려한 의자에 앉은 왕이 보였어요. 양옆에는 지위가 높은 신하들이 서 있었지요. 왕 앞에는 커다란 탁자가 놓여 있었는데 탁자 위에는 지구본과 천체 모형, 또 자나 컴퍼스 따위의 각종 제도 기구(기계, 건물 따위의 도면을 그릴 때 쓰는 기구)들이 가득했어요.

왕이 어떤 문제를 두고 골똘히 생각에 잠겨 있어서 우리는 왕이 문제를 해결할 때까지 한 시간 남짓을 서서 기다렸어요. 마침내 왕이 나와 함께 온 사람들 쪽을 바라보더니 내가 온 것을 기억해 냈어요. 사실 이미 여러 번 전달한 이야기였지요.

왕이 내게 말을 걸자 젊은 남자 하나가 다가와 내 오른쪽 귀를 살짝 쳤어요. 나는 손짓 발짓으로 그럴 필요 없다는 뜻을 전했어요. 나중에 알게 되었는데 내 행동을 보고 왕과 궁정 사람들 모두가 내 지능이 몹시 낮다고 생각했대요.

왕은 내게 이것저것 물었어요. 하지만 우리가 서로의 말을 알아듣지 못한다는 사실이 분명해지자 사람들이 나를 안락한 방으로 데리고 갔어요.

저녁 식사가 준비되자 영광스럽게도 신하 네 명이 와서 나와 함께 식사했어요. 음식은 몇 차례에 걸쳐 나왔어요. 삼각형으로 자른 양의 어깨 살, 마름모꼴의 소고기, 원기둥 모양의 푸딩 같은 것들이었어요. 또 바이올린 모양으로 날개와 다리를 묶은 오리고기와 플루트와 하프처럼 모양을 비튼 갖가지 소시지도 나왔어요. 나는 여러 가지 것들을 가리키며 그 나라 말로 뭐라 부르는지 물었어요. 나는 금방 그 나라 말로 빵이나 마실 것을 더 달라고 할 수 있게 되었지요.

식사가 끝나자 사람들이 방을 나가고 왕이 가정 교사와 툭툭이를 내게 보냈어요. 교사는 펜과 잉크, 종이 그리고 책 서너 권을 가지고 왔어요. 우리는 몇 시간을 함께 앉아 있었어요. 교사는 태양과 달 그리고 별들의 모양을 보여 주었어요. 악기마다 이름을 알려 주며 설명하고 연주할 때 쓰는 일반적인 용어도 가르쳐 주었지요.

교사가 가고 난 뒤 나는 가르쳐 준 모든 단어를 알파벳 순서대로 적었어요. 그렇게 작성한 목록을 외우며 나는 단 며칠 만에 그 나라의 말을 어느 정도 이해하게 되었어요. 내가 처음으로 익힌 단어 중 하나는 '라퓨타'였어요. 하늘을 나는 그 섬의 이름이었지요.

라퓨타 섬의 왕은 재단사를 보내 내 몸의 치수를 재게 했어요. 새 옷을 짓기 위해서였지요. 그런데 이 재단사는 보통의 재단사와는 일하는 방식이 전혀 달랐어요. 자와 컴퍼스로 몇 군데 치수를 잰 다음 그 숫자로 종이에 그래프를 그렸거든요. 결국 재단사가 지은 옷은 내 몸에 하나도 맞지 않았어요. 계산할 때 실수를 했기 때문이라는데 이곳에서는 흔히 일어나는 일이라며 다들 대수롭지 않게 여겼어요.

라퓨타 섬은 하늘을 떠다니다가 이따금 땅에 있는 시내와 마을에서 멈추었어요. 그곳에서 왕이 백성들의 요청을 들었지요. 실 몇 가닥에 작은 추를 달아 내려보내면 땅에 사는 사람들이 그 실에 요청 사항을 달아 다시 올려보냈지요. 사람들은 도르래를 이용한 장치로 음식과 물을 라퓨타로 올려보내기도 했어요.

얼마 지나지 않아 나는 이 나라 사람들이 온갖 걱정 때문에 한시도 마음 편히 지내지 못한다는 것을 알게 되었어요. 이를테면 태양이 점점 가까이 다가와 결국 지구를 삼켜 버릴 것이라며 마음을 졸였어요.

얼마 전에는 혜성이 지구를 살짝 비껴간 일이 있었는데, 다음번에는 혜성이 반드시 충돌해서 온 세상이 잿더미가 될 거라며 벌벌 떨었어요. 이들의 계산으로 다음 혜성은 130년 뒤에나 도착하는데도 그랬어요.

사람들의 아침 인사말은 태양의 상태가 어떤지 묻는 것이었어요. 태양이 뜨고 지는 모습이 어땠는지 서로 심각하게 이야기를 나누었지요. 또 혜성에 대해서도 이야기했어요. 만약 혜성이 지구에 충돌하면 피할 희망은 있는지 의견을 주고받았지요.

3장

라퓨타 섬의 비밀을 알게 되고,
떠나고 싶어 안달이 나다

 하늘을 나는 섬, 라퓨타는 완벽히 둥근 모양이었어요. 둘레 길이가 7킬로미터 정도 되고 넓이는 약 16제곱킬로미터였어요. 섬의 밑바닥은 반들반들한 강철이었고 건물의 지붕은 전체적으로 조금씩 기울어져 있어서 섬에 내리는 비와 이슬이 섬의 중심으로 모였어요. 중심에 모인 물은 섬에 있는 네 개의 움푹한 땅으로 흘러 들어갔어요. 왕은 섬을 구름의 위아래로 올렸다 내렸다 조종해서 움푹한 땅에 고인 물의 양을 조절할 수 있었어요.

 라퓨타 섬의 가운데에는 '천문학자의 얼굴'이라는 커다란 구덩이가 있었어요. 이 구덩이에서 가장 진기한 것은 길이 5미터, 가장 두꺼운 곳의 두께가 3미터쯤 되는 거대한 자석이었어요. 섬의 운명이 바로 이 자석에 달려 있었어요. 자석은 그 한가운데를 통과하는 강철 막대기 덕분에 바닥에서 떠 있을 수 있었지요. 그래서 아주 살짝만 힘을 주어도 자석을 뱅글뱅글 돌릴 수 있었어요. 자석 주위는 쇠로 된 원통이 둘러싸고 있었고 이 원통은 섬 바닥의 강철에 고정되어 있어서 자석을 다른 곳으로 옮길 수 없었어요.

라퓨타 섬은 이 자석의 힘으로 위아래로 오르내리거나 이곳저곳으로 이동할 수 있었어요. 자석의 끌어당기는 쪽을 땅으로 향하여 수직으로 세우면 섬이 아래로 내려갔어요. 밀어내는 쪽을 아래로 내리면 섬이 똑바로 위로 올라갔지요. 자석을 여러 각도로 비스듬히 기울이면 섬이 양옆으로 이동했어요. 또 자석이 지구의 지평선과 완벽히 평행하게 놓이면 섬은 가마히 멈춰 섰지요. 자석의 힘은 섬 아래 지구와 연결되어 있어서 왕은 자석의 힘이 미치는 자기 영토의 경계 밖으로는 나가지 못하고 땅에서 6킬로미터 이상은 올라가지 못했어요.

내가 라퓨타 섬에서 푸대접을 받은 것은 아니지만 솔직히 나는 그곳을 떠나고 싶었어요. 왕과 사람들의 관심은 오직

수학과 음악뿐이었어요. 나는 두 가지 다 별로 아는 바가 없었고 그래서 재미가 없었어요. 또 다들 무슨 생각을 그렇게 골똘히 하는지 함께 있으면 지루하기 짝이 없었어요.

나는 왕에게 라퓨타 섬을 떠나게 허락해 달라고 했어요. 왕도 흔쾌히 승낙했지요. 2월 16일에 나는 왕과 궁정을 뒤로 하고 떠났어요. 왕은 라가도에 사는 친구의 이름을 알려 주며 그 친구에게 편지를 전해 달라고 했어요. 나는 섬의 가장 아래층으로 내려왔어요. 라퓨타 섬은 라가도에서 3킬로미터쯤 위에 있었지요.

4장

라가도에 도착해 높은 귀족에게
따뜻한 대접을 받다

단단한 땅에 다시 발을 내딛자 나는 마음이 편안했어요.
그곳은 발니바비라는 나라였어요. 그 나라 사람들처럼 옷을
입고 말도 제법 잘하게 된 나는 별걱정 없이 라가도를 향해
걸었어요. 나는 곧 왕이 알려 준 집을 찾을 수 있었어요.

집주인은 '무노디'라는 이름 높은 귀족으로, 나에게 방을
하나 내어 주었어요. 나는 라가도에 머무는 내내 그 방에서
지냈어요. 이튿날 아침, 무노디 경은 나를 마차에 태워 시내
구경을 시켜 주었어요. 시내는 런던의 반만 한 크기였어요.
몹시 엉망으로 지은 집들이 많았고, 대부분 정말 낡아 보였

어요. 사람들은 거리를 바쁘게 걸어 다녔는데 표정이 사나웠어요. 또 거의 넝마나 다름없는 옷을 입고 있었지요.

우리는 5킬로미터쯤 떨어진 교외로 갔어요. 수많은 일꾼이 갖가지 연장을 들고 땅에서 일하고 있었는데 도무지 무얼하는지 알 수 없었어요. 땅은 기름져 보이는데 풀 한 포기, 옥수수 한 줄기도 자라지 않았지요.

참 이상했어요. 도시에서나 시골에서나 많은 사람들이 바쁘게 일하고 있었지만 어디에도 결과물이 보이지 않았으니까요. 집은 엉망이고, 밭은 텅 비었고, 사람들의 얼굴은 사납고 어두웠어요. 나는 무노디 경에게 사람들이 도대체 무얼 그렇게 바쁘게 하는지 설명해 달라고 했어요.

무노디 경은 무척 존경받는 사람이었고 몇 년이나 라가도의 시장으로 일했어요. 무노디 경은 내 말에 아무 대꾸도 하지 않더니 집으로 돌아오자 자기 집이 어떤지, 자기 모습이 어떻게 보이는지 물었어요. 무노디 경은 참 단정하고 고상했기 때문에 나는 망설임 없이 그렇게 대답했어요. 그러자 무노디 경은 30킬로미터 정도 떨어진 시골 별장으로 함께 가자고 했어요. 그곳에 가면 훨씬 마음 편히 이야기를 나눌 수 있을 거라면서요. 나는 기꺼이 그러겠다고 했지요.

세 시간 정도 가자 전혀 다른 풍경이 나타났어요. 잘 지은 집들 주위로 들판과 초원 그리고 포도밭이 펼쳐졌어요. 무노디 경은 거기서부터 자기 땅이라고 했어요. 무노디 경은 사람들이 그의 집과 땅을 보고 나쁜 본보기라며 비웃는다고 했어요.

우리는 드디어 무노디 경의 별장에 도착했어요. 고대의 건축 양식을 따라 지은 훌륭한 건물이었어요. 나는 보이는 것마다 칭찬을 늘어놓았어요. 저녁을 먹고 나자 무노디 경은 시내에 있는 자신의 집과 이 별장을 조만간 다 허물고 이곳의 분위기에 맞게 엉망으로 다시 지어야 한다고 했어요. 또한 농장에 애써 심고 키운 작물도 다 뽑아 버려야 한다고요. 그렇지 않으면 사람들에게 계속 욕을 먹고 왕의 기분도 거스를 수 있다고 했어요.

무노디 경은 이야기를 들려주었어요. 40년 전쯤, 한 무리의 라가도 사람들이 라퓨타를 방문했어요. 그리고 다섯 달 뒤 얄팍한 수학 지식을 얻어서 돌아왔지요. 이 사람들은 오자마자 예술이며 과학, 언어, 기계 같은 분야에 새로운 방식을 들여와야 한다며 라가도에 학술원(학문과 기술을 연구하는 기관)을 세웠어요. 수많은 사람이 이 학술원에 몰려들었고 이제는 그런 학술원이 시내마다 하나씩 있었지요.

학술원의 교수들은 농사를 짓거나 건물을 지을 때 쓰이는 규칙과 방법을 모두 새로이 바꿨어요. 그리고 모든 분야에서 새 기구와 도구를 만들어 냈지요. 교수들은 한 사람이 열 사람 몫을 척척 해내고, 일주일 만에 궁전을 뚝딱 짓고, 한 번 만들면 다시는 수리할 필요 없는 연장을 만들고 싶어 했어요. 앞으로는 땅 위의 모든 열매는 사람들이 원하는 때에 무르익을 거라고 했어요. 그리고 다른 행복한 일들도 무수히 일어나리라고 이야기했지요.

한 가지 문제라면 이 가운데 어느 하나도 이루어진 것이 없다는 점이었어요. 그러는 동안 나라의 땅은 못쓰게 되고 집들은 무너져 내리고 사람들은 먹을 것도 입을 것도 없게 되었어요. 그런데도 학술원의 교수들은 자신들이 밀어붙인 계획에 대해 후회하거나 풀이 죽기는커녕 몇십 배는 더 강하게 말두 안 되는 계획을 세웠어요.

무노디 경은 나를 가장 큰 학술원에 데려가 보여 주려고 했어요. 하지만 무노디 경의 이야기를 듣고 주변 상황을 다 본 결과, 난 굳이 학술원에 가 볼 필요는 없겠다고 생각했어요.

5장
말도나다에 도착해 글럽덥드립으로
짧은 여행을 떠나다

 이 발니바비 왕국이 속한 대륙은 동쪽으로는 캘리포니아 서부, 북쪽으로는 아직 다 알려지지 않은 미개척지까지 뻗어 있는 듯했어요. 발니바비에는 '말도나다'라는 항구가 있었어요. 사람들은 이 항구에서 북서쪽에 있는 '럭낵'이라는 섬을 들락거리며 물건을 사고팔았지요. 럭낵에서 일본까지 거리가 고작 555킬로미터 정도여서 나는 일단 럭낵 섬으로 갔다가 일본을 거쳐 유럽으로 돌아가리라고 마음먹었어요.

 그런데 말도나다 항구에 도착해 보니 한동안 럭낵으로 향하는 배가 없다고 했어요. 신사 한 명이 내게 그동안 남서쪽으로 30킬로미터쯤 떨어진 글럽덥드립이라는 섬을 다녀오는 것이 어떻겠냐고 했어요. 그래서 나는 다른 두 사람과 함께 글럽덥드립으로 여행을 떠났어요.

글럽덥드립은 주술사나 마법사를 뜻하는 말이었어요. 마법사 부족의 족장이 섬을 다스렸기 때문에 그런 이름이 붙은 것 같았어요. 그런데 족장과 그 가족에게는 조금 특이한 하인들이 있었어요. 족장은 마법으로 죽은 사람 가운데 마음에 드는 자를 불러내 24시간 동안 하인으로 부릴 수 있었거든요. 하지만 석 달 안에 같은 사람을 다시 불러낼 수는 없었지요.

나는 함께 간 두 사람과 함께 두 줄로 늘어선 경비대 사이를 지나 족장이 사는 궁전의 문으로 들어갔어요. 경비대는 몹시 기이한 옷차림을 하고 이상한 무기를 들고 있었어요. 경비대의 표정을 본 나는 소름이 오싹 끼쳤어요.

우리는 방을 여러 개 지나 커다란 방에 이르렀어요. 족장은 높은 계단 맨 위의 의자에 앉아 있었고, 우리는 계단 맨 아래 의자 세 개를 놓고 앉았어요.

족장은 발니바비 왕국의 말을 알아들었어요. 나에게 그동안의 여행 이야기를 들려 달라고 했지요. 족장은 하인들이 모두 물러나도록 손가락을 까딱했어요. 그러자 자다가 꿈에서 깨어날 때처럼 눈 깜짝할 사이에 하인들이 사라졌어요.

내가 유령 같은 하인들의 모습에 정신을 못 차리고 있자 족장이 무서워할 것 없다고 안심시켰지요.

우리는 글럽덥드립에 열흘 동안 머물렀어요. 나는 이내 유령 하인들의 모습에 익숙해져서 하나도 무섭지 않았어요. 대신 호기심이 생겼지요. 족장은 내가 원하는 유령은 누구든 불러 주겠다고 했어요. 궁금한 것을 물으면 유령이 진실하게 대답해 줄 거라고도 했어요. 저승에서는 거짓말이 아무짝에도 쓸모없기 때문이라고 했지요.

나는 과거에 대제국을 건설한 알렉산드로스 대왕을 불러 달라고 했어요. 대왕은 족장의 방에 나타나 나의 질문에 하나하나 대답해 주었어요. 다음으로 나는 로마의 권력자, 율리우스 카이사르와 나중에 카이사르를 죽인 브루투스를 불러냈어요. 두 사람이 저승에서는 잘 지내는 것 같아 정말 즐거웠지요.

내가 불러낸 수많은 사람의 이야기를 지루하게 늘어놓지는 않겠어요. 나는 주로 악한 왕을 몰아낸 사람, 상처받은 나라에 자유를 되찾아 준 사람들을 불러내 여러가지 이야기를 나눴지요. 정말 뿌듯했어요.

6장
말도나다로 돌아간 걸리버,
럭낵으로 항해를 떠나다

글럽덥드립을 떠나는 날이 왔어요. 나는 족장에게 작별 인사를 하고 같이 간 두 사람과 함께 말도나다로 돌아왔어요. 그동안 럭낵으로 향하는 배가 마련되어 있었어요. 1708년 4월 21일, 우리는 럭낵의 남동쪽 항구 도시, 클러멕닉의 강가에 이르렀어요.

세관 직원이 내게 발니바비 말로 말을 걸어서 나는 가능한 한 그럴듯하게 자기 소개를 하고 럭낵에 들러 일본을 거친 뒤 유럽으로 갈 계획이라고 말했어요. 나는 세관원에게 내가 네덜란드인이라고 했어요. 나중에 일본에 갈 계획이었거든요. 일본에 들어갈 수 있는 외국인은 네덜란드인뿐이었어요.

세관원은 궁정에서 허락이 떨어질 때까지 나를 붙잡아 두어야 한다고 했어요. 그러고는 곧장 허락을 요청하는 편지를 써 주었어요. 나는 작은 방으로 가서 답변을 기다렸어요. 문 앞에는 보초 한 명이 서 있었지요.

2주가 지나자 궁정에서 보낸 편지가 도착했어요. 편지에는 나와 일행을 럭낵 섬의 수도로 보내라는 명령이 쓰여 있었어요. 우리는 먼저 심부름꾼을 보내 언제 '왕의 발판 아래 먼지를 핥는' 영광을 얻을 수 있는지 정확한 날짜와 시간을 정해 달라고 요청했어요.

나는 곧 이 말이 그저 관용어(특수한 의미를 나타내는 어구)만은 아니라는 걸 알게 되었어요. 궁정에 도착하자 나는 말 그대로 배를 바닥에 대고 왕 앞으로 기어가며 바닥을 핥아야 했어요. 내가 다른 나라에서 온 사람이었기에 바닥을 미리 청소해 둔 덕에 구역질이 심하지는 않았어요. 보통은 신분이 높은 사람들만 청소한 바닥을 핥을 수 있었어요. 왕이 싫어하는 사람이 오면 바닥에 일부러 흙을 뿌리는 일도 잦았어요. 어떤 사람이 바닥을 기어 왕에게 갔을 때 입 안에 흙이 가득 차서 말을 못 하는 경우도 봤어요. 왕 앞에서 침을 뱉거나 입을 닦으면 죽임을 당했기 때문에 어쩔 도리가 없었지요.

나는 왕에게서 3.5미터 떨어진 곳까지 기어가서 살며시 몸을 일으켜 무릎을 꿇었어요. 그런 다음에는 바닥에 이마를 일곱 번 부딪치고 미리 외워 둔 존경의 말을 읊었어요. 나중에 전해 들은 바로는 '천상의 왕이시여, 태양보다 열한 달 반 더 오래 사소서.'라는 뜻이었어요.

왕은 내게 '나의 혀가 친구의 입 속에 있다.'라고 대꾸했어요. 그제야 나는 통역사를 통해 왕과 이야기할 수 있었어요. 왕은 나를 금세 좋아하게 되어서 궁정에 내가 머물 곳을 마련해 주었어요.

나는 럭낵에서 석 달을 지내며 럭낵 사람들이 예의 바르고 마음이 넓다는 것을 알았어요. 나는 럭낵의 말을 하지 못했지만 늘 통역사와 함께 다녔기 때문에 대화가 불편하지는 않았지요.

하루는 어떤 신사가 절대 죽지 않는 불사신, 스트럴드브럭을 본 적이 있느냐고 물었어요. 내가 본 적 없다고 대답하자 신사는 이런 이야기를 들려주었어요. 럭낵에서는 이따금 왼쪽 눈썹 바로 위 이마에 둥근 붉은색 반점이 난 아이가 태어나는데 그 반점은 아이가 절대 죽지 않는다는 뜻이었어요. 이런 아이들은 매우 드물게 태어나기 때문에 스트럴드브럭은 온 나라에 남녀를 통틀어 일만 일천 명이 못 되었고 그 가운데 쉰 명 정도가 수도에 살고 있었어요. 스트럴드브럭이 태어나는 것은 예측할 수가 없고 순전히 우연이었어요. 스트럴드브럭들이 결혼해 낳은 아이들조차 대부분은 스트럴드브럭이 아닌 평범한 인간이었으니까요.

스트럴드브럭 이야기를 들은 나는 엄청난 기쁨에 휩싸여 환호성을 질렀어요. 누군가는 영원히 살 가능성이라도 있으니 이 얼마나 행복한 나라인가요! 죽음의 공포가 짓누르는 무게와 우울함이 없는 삶은 얼마나 홀가분하고 행복할까요? 그런데 생각해 보니 나는 궁정에서 스트럴드브럭을 한 명도 못 보았어요. 오래오래 살아오며 지혜와 능력을 갖춘 사람들을 관리로 쓰면 좋을 것 같았거든요. 나는 왕에게 그렇게 권하고, 내가 지혜로운 스트럴드브럭들과 함께 평생 이곳에서 살고 싶다고 말할 생각이었어요.

나는 내 생각을 신사에게 말했어요. 그랬더니 신사는 어색한 미소를 지으며 내가 만약 스트럴드브럭이라면 어떻게 살 생각이냐고 물었어요. 나는 주절주절 한참을 떠들었어요. 먼저 삶과 죽음의 차이가 무엇인지 깨달아 보겠다고 했어요. 그리고 돈을 버는 방법을 모조리 알아내서 왕국에서 가장 큰 부자가 되겠다고 했어요. 또 그 누구보다 오랫동안 많이 공부해서 나라에서 가장 지혜로운 관리가 되겠다고 대답했지요.

내 말을 들은 신사는 자신이 알고 있는 스트럴드브럭들의 이야기를 들려주었어요. 스트럴드브럭은 보통 서른 살까지는 평범하게 살다가 서른 살이 넘으면 그때부터 기분이 울적해지고 기운이 없어지기 시작한다고 했어요. 또 그렇게 여든 살이 되면 평범한 노인이 겪는 문제뿐 아니라 죽지도 못한다는 생각 때문에 더더욱 어려움을 겪는다고요. 스트럴드브럭은 대체로 침울하고 쓸모없어지며 우정도 나눌 줄 모르고 인간이라면 마땅히 느끼는 감정도 다 메말라 버린대요.

이 나라에서는 스트럴드브럭이 여든 살이 되면 즉시 법적으로 죽은 사람으로 취급한대요. 재산은 상속자들에게 넘어가고 스트럴드브럭은 먹고 살 만큼의 적은 돈만 받아요. 아흔 살이 되면 대개 머리카락과 이빨이 다 빠지고, 맛도 구별하지 못한 채 아무 음식이나 먹게 되지요. 뭐든지 잘 잊어버려서 가까운 친구나 가족의 이름조차 기억하지 못하게 되고요. 게다가 이 나라의 말은 세월이 지나면 많이 변하기 때문에 스트럴드브럭은 점차 주변 사람들의 말을 이해하지 못하

게 돼요. 결국 사람들과 말 한 마디 나누지 못하고 자기 나라에서 외국인처럼 살아가지요. 그러다 보면 스트럴드브럭은 사람들의 미움을 한 몸에 받게 된대요.

나중에 나는 여러 나이대의 스트럴드브럭 대여섯 명을 만나 보았어요. 그중 가장 젊은 사람도 거의 이백 살이었어요. 그들의 모습은 지금껏 본 그 무엇보다 끔찍했어요. 너무나 늙은 모습이 말로 표현하기 힘들 만큼 흉측했지요.

죽고 싶지 않다는 생각은 확 사라져 버렸어요. 그동안 머릿속에 그렸던 즐거운 상상이 부끄러워졌고 그렇게 사느니 차라리 죽는 게 낫다는 생각이 들었어요.

어느 날, 스트럴드브럭에 대한 내 생각을 들은 왕은 몹시 유쾌하게 이야기를 꺼냈어요. 왕은 스트럴드브럭 두어 명을 나와 함께 우리나라에 보내면 좋지 않겠느냐고 물었어요. 그들의 흉측한 모습을 보고 사람들이 죽음에 대한 공포를 이겨 낼 수 있을 거라면서요. 하지만 스트럴드브럭을 다른 나라로 보낼 수는 없었어요. 럭낵의 법으로 금지되어 있었지요. 나는 어쩔 수 없다고 생각했어요. 그러니 스트럴드브럭들이 그렇게 미움받는 것 역시 어쩔 수 없는 일이었어요.

1709년 5월 16일, 나는 왕과 모든 친구에게 정중히 작별 인사를 했어요. 보름간의 항해 끝에 우리는 일본에 이르러 본섬의 남동쪽에 있는 작은 항구 도시에 도착했어요. 배에서 내린 뒤 나는 세관 직원에게 럭냑의 왕이 쓴 추천서를 보여 주었지요.

나는 계속해서 여행한 끝에 낭가삭(오늘날의 나가사키) 항구에 도착했어요. 그리고 1709년 6월 9일, 네덜란드 선원 몇몇을 만나 암보이나호에 올랐어요. 그리고 네덜란드의 암스테르담으로 향했지요.

항해에서 특별한 일은 일어나지 않았어요. 우리는 순풍을 타고 희망봉까지 가서 마실 물을 얻기 위해 잠시 머물렀어요. 그리고 이듬해 4월 6일, 암스테르담에 무사히 도착했어요. 그동안 선원 세 명이 병으로 목숨을 잃었지요. 나는 곧 암스테르담에서 잉글랜드를 향해 떠났어요.

1710년 4월 10일, 나는 잉글랜드에 도착했어요. 3년 반 만에 다시 고향 땅을 밟을 수 있었지요. 나는 바로 집을 향해 출발해 오후 2시쯤 집에 도착했어요. 그리고 건강한 모습의 아내와 가족을 만났어요.

4부
휘늠 여행

1장

선원들이 걸리버를 알 수 없는 나라의
바닷가에 내려놓다

나는 다섯 달 동안 집에서 무척 행복하게 지냈어요. 그렇게 그대로 집에 머물렀으면 정말 좋았겠지요. 하지만 나는 어드벤처호라는 상선의 선장으로 와 달라는 제안이 들어오자 받아들이고 말았어요.

우리는 1710년 9월 9일, 물건을 사고팔기 위해 항해에 나섰어요. 그런데 항해 도중 선원 여러 명이 열병에 걸려 목숨을 잃었어요. 선원 수를 채우기 위해 나는 어쩔 수 없이 바베이도스에서 선원 몇 명을 뽑았어요. 그런데 알고 보니 그중 대부분이 해적이었어요. 하지만 이미 너무 늦어 버렸지요.

이 해적들은 기존의 선원들을 자기들 편으로 만들어 내 배를 빼앗을 계획을 세웠어요. 그리고 어느 날 아침, 선실에 들이닥쳐 나를 꽁꽁 묶더니 손가락 하나라도 까딱하면 바다로 던져 버리겠다고 위협했어요. 해적들은 내 선실 문 앞에 보초를 하나 세우고 간간이 음식과 마실 것을 가져다줄 뿐이었어요. 해적들은 배를 완전히 손에 넣었어요.

며칠이 지나자 해적들은 나를 선실에서 꺼내 구명보트에 태웠어요. 내가 쓰던 칼 말고는 무기 하나도 주지 않았지요. 해적들은 5킬로미터 정도를 노 저어 가서 나를 어느 해안에 내려놓고는 그대로 떠나 버렸어요.

나는 해변에 앉아 숨을 돌리며 한참 생각했어요. 어떻게 살아 나가야 할지 앞길이 막막했지요. 기운을 조금 차린 뒤에는 육지 쪽으로 걸었어요. 나는 어떤 사람들이든 만나면 하라는 대로 다 해서 도움을 받고 목숨을 건지고 싶었어요.

잠시 걷다 보니 들판에 짐승 몇 마리가 보였어요. 같은 짐승 한두 마리가 나무에도 앉아 있었지요. 그런데 짐승들은 모습이 기이했어요. 나는 덤불 뒤에 엎드려 좀 더 자세히 살펴봤어요. 짐승의 머리와 가슴에는 털이 무성했고 턱에는 염소처럼 수염이 달려 있었어요. 등과 다리 뒤쪽 그리고 발에 기다랗게 털이 자라 있었고요. 꼬리는 없었고, 뾰족한 갈고리

모양 발톱으로 나무를 기어올랐어요. 전체적으로 보아 지금 껏 가 본 어느 곳에서도 그렇게 불쾌한 짐승은 만난 적이 없 었어요.

나는 일어서서 다시 길 쪽으로 발걸음을 옮겼어요. 그때 짐승 한 마리가 내 앞을 가로막았어요. 그 짐승은 나를 내려 칠 듯 앞발을 들었어요. 하는 수 없이 나는 칼을 뽑아 든 다 음 날이 무딘 쪽으로 제대로 한 방을 날렸어요. 그러자 짐승 이 으르렁댔고, 적어도 40마리는 되는 짐승들이 무시무시하 게 울부짖으며 몰려왔어요. 겁에 질린 나는 나무 뒤에 몸을 숨긴 채 짐승들이 가까이 다가오지 못하게 칼을 휘둘렀어요. 하지만 몇 마리는 나를 향해 이것저것 집어 던지며 침을 뱉 었어요.

어쩔 줄 몰라 속이 바짝바짝 타들어 가고 있는데 갑자기 짐승들이 꽁무니가 빠지게 달아났어요. 도대체 짐승들이 무 엇 때문에 그렇게 겁을 집어먹었는지 몰라 나는 주위를 두리 번거렸어요. 하지만 보이는 것은 들판을 사뿐사뿐 걸어가는 회색 말 한 마리뿐이었어요.

회색 말은 나를 보고 살짝 움찔하는 듯 보였어요. 그러나 이내 진정하더니 놀라움 가득한 눈으로 내게로 곧장 다가왔어요. 우리는 가만히 서서 한동안 서로를 물끄러미 바라봤어요. 마침내 내가 손을 뻗어 말의 목덜미를 쓰다듬었어요. 그러자 말은 왼쪽 앞발을 들어 내 손을 밀어냈어요. 그러고는 히힝! 하고 서너 번 울음소리를 냈는데 마치 혼잣말을 하는 듯 들렸어요.

얼마 지나지 않아 말 한 마리가 더 나타났어요. 그 말은 키가 작고 털이 하얀색이었어요. 말들은 서로 오른쪽 발굽을 맞부딪친 다음 히힝 소리를 몇 번 주고받았어요. 회색 말이 오른쪽 앞발굽으로 내 모자를 쓱 쓰다듬자 하얀 말이 무척 신기한 듯 내 외투 깃을 만졌어요. 말들의 모든 행동이 너무나 섬세하고 사려 깊어서 나는 입이 다물어지지 않았어요. 아무래도 말로 변신한 마법사가 틀림없다는 생각이 들었지요.

이런 생각에 이르자 나는 말들에게 말을 걸었어요. 정체를 밝혀 달라고 애원하며 나의 딱한 처지를 설명했지요. 말들은 조용히 내 말에 귀 기울이는 듯했어요. 내가 말을 마치자 두 말들은 서로를 향해 여러 번 히힝 소리를 주고받았어요. 그러는 동안 말들은 '야후'라는 단어를 몇 번이나 되풀이해 말했어요. 말들이 조용해지자마자 나는 히힝 소리를 최대한 비슷하게 흉내 내며 '야후'라고 큰 소리로 말해 보았어요.

그러자 두 말 모두 깜짝 놀랐어요. 회색 말이 재빨리 내게 두 번째 단어를 들려줬어요. 최대한 비슷하게 흉내 내 말하자면 '휘늠'이라는 단어였어요. 첫 번째 단어였던 '야후'보다 훨씬 어려웠지만 나는 최선을 다해 그 단어를 말했어요. 두 말은 다시 한 번 놀란 얼굴이 되었지요.

말들은 잠시 대화를 나누더니 전처럼 발굽을 부딪치며 작별 인사를 나눴어요. 회색 말이 나를 향해 앞장서서 걸으라는 시늉을 했어요. 나는 순순히 따르는 것이 낫겠다고 생각했어요.

2장

회색 말을 따라가서
어떤 대우를 받았는지 이야기하다

 5킬로미터쯤 걸은 뒤 우리는 기다란 나무 집에 다다랐어요. 야트막한 지붕에 지푸라기가 덮여 있었지요. 집을 보자 나는 이제 사람을 만날 생각에 마음이 놓였어요. 여행자들은 늘 방문할 사람에게 선물할 물건을 지니고 다녀요. 그래서 나도 내 물건 중 몇 가지를 꺼냈어요. 그 집 사람들이 기뻐하며 나를 친절히 대해 주기를 바라는 마음이었지요.

 회색 말이 내게 커다란 방으로 들어가라는 몸짓을 했어요. 방바닥은 부드러운 진흙이었고 한쪽 벽을 따라 여물통이 길게 놓여 있었어요. 방에는 늙은 말 세 마리와 암말 두 마리가 있었는데 몇 마리는 바닥에 앉아 있었어요. 나는 너무 놀라 눈이 휘둥그레졌어요. 회색 말이 뒤따라 들어와 몇 차례 히힝 소리를 내자 다른 말들이 모두 대꾸했어요.

나는 그 방과 비슷한 방 두 개를 지나쳤어요. 세 번째 방문 앞에 이르자 회색 말이 나보고 문 앞에서 기다리라는 시늉을 했어요. 회색 말이 방에 들어가자 안에서 서너 번 히힝 대는 소리가 들렸어요. 나는 누군가 사람이 대답하리라 기대하며 기다렸어요. 하지만 사람 목소리는 들리지 않았어요.

잠시 뒤, 회색 말이 밖으로 나오더니 내게 방으로 따라 들어오라는 몸짓을 했어요. 방 안에는 사람이 없었어요. 멋진 암말 한 마리와 암망아지, 수망아지가 한 마리씩 지푸라기를 엮은 자리에 엉덩이를 깔고 앉아 있었지요.

암말이 짚자리에서 일어나 내 앞으로 다가왔어요. 암말은 내 손과 얼굴을 찬찬히 뜯어보더니 내게 못마땅한 눈길을 던졌어요. 그러고는 회색 말과 이야기를 나누었는데 이야기 도중 '야후'라는 말이 자꾸 들렸어요. 회색 말은 나를 데리고 밖으로 나가더니 그곳에서 조금 떨어진 다른 건물로 갔어요.

건물로 들어가자 이곳에 와서 처음 보았던 그 끔찍한 짐승 셋이 있었어요. 짐승들은 식물 뿌리와 어느 동물의 살을 먹고 있었어요. 짐승들은 앞 발톱으로 먹이를 쥐고 이빨로 뜯었어요. 목에는 튼튼한 목줄이 채워져 있었고 목줄 끝은 기둥에 묶여 있었지요.

회색 말이 나와 그 끔찍한 짐승을 번갈아 바라보며 자꾸 '야후'라는 말을 했어요. 가까이에서 짐승을 본 나는 뭐라 표현할 수 없는 공포와 충격에 빠졌어요. 그 짐승은 완벽히 사람의 얼굴을 하고 있었어요.

'야후'는 이 짐승을 이르는 말이었어요. 야후의 앞발은 내 손과 똑같았어요. 기다란 손톱과 북슬북슬한 손등의 털만 다를 뿐이었지요. 나는 야후의 발 역시 나와 똑같다는 걸 바로 알았어요. 내가 신발을 신고 있었기 때문에 말들은 내 발이 어떻게 생겼는지 몰랐지만요. 아닌 게 아니라 야후와 나는 털과 피부색 말고는 몸의 모든 부분이 같았어요. 하지만 말들은 야후와 내가 얼마나 비슷한지 잘 알 수 없어 혼란스러워 했어요. 내가 옷을 입고 있었기 때문이지요.

늙은 밤색 말이 내게 먹으라며 뿌리 하나를 건넸어요. 나는 가능한 한 공손한 태도로 말에게 뿌리를 돌려주었어요. 그러자 밤색 말이 야후의 우리에서 고기 한 조각을 가져다주었어요. 그런데 냄새가 어찌나 고약한지 구역질이 나서 고개를 돌려 버렸어요. 그러자 밤색 말은 지푸라기와 귀리를 조금 내밀었어요. 나는 고개를 저으며 그런 것을 먹지 않는다는 뜻을 전했어요. 내게 사람을 못 만나면 곧 굶어 죽겠다는 두려움이 밀려들었어요. 그 더러운 야후에 대해서라면 가까이하면 할수록 역겨운 마음만 더 커질 뿐이었어요.

마침내 회색 말이 앞발을 입에 갖다 대며 나에게 무엇을 먹는지 묻는 시늉을 해 보였어요. 말이 그런 동작을 하다니 정말 놀라 자빠질 지경이었지요.

나는 대답할 방법을 몰라 쩔쩔매다가 우연히 소 한 마리가 지나가는 것을 보았어요. 나는 얼른 소를 가리켰어요. 그러자 회색 말은 나를 다시 집으로 데리고 가더니 흙으로 빚은 병과 나무 병에 깨끗이 보관한 우유를 보여 주었어요. 회색 말이 커다란 그릇에 우유를 담아 주자 나는 허겁지겁 들이켰어요. 마시자마자 기운이 나는 것 같았어요.

저녁이 다가오자 집주인인 회색 말이 내게 쉴 곳을 마련해 주었어요. 집에서 겨우 5미터 정도 떨어진 곳이었는데 야후가 있는 곳과는 분리되어 있었어요. 그곳에서 나는 지푸라기를 깔고 옷을 덮은 다음 곤히 잠들었어요.

3장
걸리버가 휘늠 말로
자신의 항해 이야기를 짧게 전하다

　나의 가장 큰 목표는 말들이 쓰는 언어, 곧 휘늠의 말을 익히는 것이었어요. 내 주인인 회색 말과 그의 식구들 모두가 나에게 말을 가르치고 싶어 안달이 나 있었지요. 나는 주변 사물을 모조리 가리키며 이름을 물었어요. 그런 다음 단어를 일기장에 적었어요. 또 휘늠 말의 높낮이를 똑같이 따라 하려고 무척 애를 썼어요. 휘늠들은 코와 목을 써서 목소리를 냈어요. 휘늠 말은 내가 아는 그 어떤 말보다 우아했어요.

　나의 주인인 회색 말은 궁금한 것이 무척 많아서 몇 시간씩 내게 말을 가르쳤어요. 주인은 나를 야후라고 여겼지만 보통의 야후와는 정반대로 깔끔한 몸과 예의 바른 태도를 보고는 놀랐어요. 야후는 수없이 문제를 일으키고 무언가를 가르칠 수도 없는 존재였으니까요. 주인은 나의 옷을 보고 가장 혼란스러워했어요. 옷이 내 살가죽인지 뭔지 알 수 없어 했지요. 주인은 내가 어디에서 왔는지, 어떻게 생각하는 능력을 갖추게 됐는지 궁금해했고 내게 직접 이야기를 들을 수 있길 바랐지요.

내 옷의 정체는 우연한 기회에 밝혀졌어요. 어느 날 아침 일찍, 주인이 내게 밤색 말을 보냈어요. 나는 그때까지 세상 모르고 잠들어 있었고, 내가 덮고 자던 옷은 옆에 떨어져 있었어요. 나는 말이 가까이 오는 소리에 바로 잠에서 깼어요. 그런데 밤색 말은 평소와 다른 내 모습을 보고 깜짝 놀란 것 같았어요. 그래서인지 떨리는 목소리로 내게 주인이 한 말을 얼른 전해 주었지요. 그러더니 부리나케 주인에게 달려가서 자기가 본 걸 이야기했어요.

나는 곧장 주인에게 가서 서툰 휘늠 말로 더듬거리며 주인에게 말했어요. 내 고향에서 우리 종족은 추위와 더위를 피하기 위해서 항상 몸을 천으로 감싼다고요. 그리고 주인에게 내가 가리고 싶은 부분만 빼면 내 몸을 다 보여 줄 수 있다고 말했어요.

주인은 어째서 내가 몸을 감추려 하는지 이해하지 못했어요. 주인과 그 가족들은 몸의 어떤 부분도 부끄러워하지 않는다고 했지요. 하지만 나에게는 원하는 대로 하라고 했어요. 그래서 나는 신발과 양말 그리고 바지를 벗은 다음 셔츠를 허리까지 내렸어요.

주인은 내 옷을 들어 올려 하나하나 꼼꼼히 살펴봤어요. 또 내 주위를 빙빙 돌며 내 몸을 자세히 뜯어봤어요. 그러더니 어떻게 봐도 야후가 틀림없다고 했어요. 다른 점이라면 피부색이 희고 매끈하며, 군데군데 털이 없고, 손톱의 모양이 다르고 날카롭지 않으며 두 발로 걷는 점이라고 했지요.

나는 주인에게 나를 야후라 부르지 말라고 부탁했어요. 야후는 생각만 해도 역겨운 짐승이니까요. 그리고 내가 내 살가죽 아닌 것을 걸치고 다니는 걸 비밀로 해 달라고 했지요. 주인은 흔쾌히 그러겠다고 하며 대신 자기에게는 아무것도 감추지 말라고 했어요.

10주쯤 지나자 나는 드디어 주인이 하는 질문을 대부분 알아들었고 그 뒤로 석 달이 지나자 제법 정확하게 대꾸도 하게 되었어요. 나는 나와 같은 사람들이 많이 사는 바다 건너 먼 나라에서 왔다고 말했어요. 통나무로 만든 커다란 배를 타고 왔다고 했지요. 또 사람들이 나를 이곳 바닷가에 내려 놓은 뒤 혼자 두고 가 버렸다고 말했어요.

내 이야기를 들은 주인은 내가 잘못 생각하는 게 틀림없다고 했어요. 아니면 '사실이 아닌 것'을 이야기한다고 했지요. 휘늠 나라에는 '거짓'이라는 단어가 없기 때문에 '사실이 아닌 것'이라고 표현한 것이었어요. 어쨌든 주인은 바다 건너에 나라가 있을 리도 없고 나 같은 짐승 무리가 나무배를 타고 바다를 건널 수는 없다고 생각했어요. 휘늠도 그런 배를 만들지 못하는데 야후가 배를 만든다니 말도 안 된다고 여겼지요. 주인은 누가 배를 만들었느냐고 묻더니, 어떻게 나의 나라에서는 휘늠이 야후에게 그런 일을 맡길 수 있냐고 했어요.

나는 주인에게 내 이야기를 듣고 불쾌해하지 않겠다고 약속해 달라고 했어요. 그러면 계속 이야기하겠다고 하자 주인은 알았다고 했어요. 나는 니와 같은 종족이 배를 만든 것이 확실하며 내가 모든 여행길에서 만난 동물 가운데 이성이 있는 종족은 내 종족뿐이라고 했어요. 또 주인이 야후에게 이성이 있다는 걸 알고 깜짝 놀란 만큼이나 나 역시 휘늠에게 이성이 있다는 것을 보고 무척 놀랐다고 했어요. 혹시라도 행운의 여신이 나를 고향 땅으로 데려다준다면 내 고향 사람들은 절대 믿지 못할 거라고 말했어요. 휘늠이 나머지 짐승들을 다스리고 야후를 노예로 부린다는 사실을요.

주인은 내 말을 듣고 불쾌한 듯 아무말도 하지 않았어요. 잠시 뒤, 주인은 내 나라에도 휘늠이 있는지, 있다면 어떤 일을 하는지 물었어요. 나는 내 나라에도 휘늠이 무척 많은데 여름에는 들판에서 풀을 뜯고 겨울에는 집 안에서 귀리와 마른풀을 먹는다고 대답했어요. 여기까지 말한 나는 더는 말하지 않게 해 달라고 부탁했어요. 이야기를 더 들으면 주인이 몹시 언짢아할 것이기 때문이었지요. 주인은 내게 계속하라고 하며 좋은 것도 나쁜 것도 다 말하라고 했어요.

나는 내 나라에서는 휘늠을 '말'이라고 부르는데 말은 가장 매력적이고 우아한 동물이라고 했어요. 신분이 높은 사람들은 말을 데려다 경주를 시키고 마차도 끌게 한다고 말했어요. 그리고 늙거나 병들 때까지 잘 대해 주고 세심하게 돌보아 준다고 했지요. 나는 안장이나 박차, 또 채찍을 사용하는 법까지 우리가 말을 타는 법을 자세히 설명했어요. 또 쇠라고 부르는 단단한 물질로 만든 평평한 편자를 발굽의 바닥에 붙여서 발굽이 깨지지 않게 한다고 했어요.

주인은 기분이 상해서 어떻게 감히 휘늠의 등에 올라타느냐고 했어요. 자기 집에서 가장 약한 하인도 가장 힘센 야후를 흔들어 떨어뜨릴 수 있다고 했지요. 나는 내 나라에서 말들은 서너 살 때부터 엄격한 훈련을 받는데 만일 제대로 행동하지 않으면 호되게 혼이 난다고 대답했어요.

우리가 휘늠을 어떻게 대하는지 듣고 주인은 불같이 화를 냈어요. 내 말을 믿으려 들지 않았지요. 또 휘늠 나라의 모든 동물은 날 때부터 야후라면 무조건 싫어하기 마련이라고 했어요. 그런데 나의 고향에서는 어떻게 모든 동물들이 야후를 싫어하지 않고 함께 사느냐고 물었어요. 하물며 야후에게 동물들이 어떻게 길들여질 수 있었는지 믿기지 않는다고 했어요.

잠시 뒤, 주인은 이런 이야기는 더 이상 하지 않겠다고 했어요. 그보다는 내가 어떤 일을 겪었으며, 내가 태어난 나라는 어떤 곳인지 또 내가 어떻게 살아왔는지를 훨씬 더 듣고 싶어 했어요.

4장
걸리버가 휘늠에서 영원히 살고 싶어 하게 되다

나는 잉글랜드라는 섬나라에서 태어났다고 이야기했어요. 잉글랜드는 휘늠의 땅에서 한참을 가야 하는 머나먼 곳으로, 주인의 가장 튼튼한 하인들이라도 일 년은 달려가야 한다고 했지요. 나는 병들고 다친 사람을 고치는 외과 의사이지만 일생의 많은 기간을 바다에서 보냈다고 했어요. 또 가장 최근의 항해와 그때 겪은 힘든 일들도 들려주었지요.

주인은 내 종족들이 도대체 왜 내 배를 빼앗아 갔느냐고 물었어요. 나는 그들이 가난하거나 도둑질, 강도, 반역 같은 죄를 저질러 자기 나라에서 쫓겨났기 때문이라고 했지요. 먹고살기 위해서 해적이 된 거라고요.

며칠이나 힘겹게 설명하고 나서야 주인은 내 말을 조금 알아들었어요. 하지만 주인은 어째서 내 종족들이 그런 나쁜 짓을 저지르는지 이해하지 못했지요. 나는 힘 있는 사람이나 부자가 되고자 하는 사람들의 욕망에 대해 설명했어요. 또 지나친 욕심과 질투, 미움이 어떻게 끔찍한 결과를 가져오는지 하나하나 설명했어요. 주인은 너무 놀라 눈이 휘둥그레졌지요. 휘늠에는 권력, 정부, 전쟁, 법률, 처벌 같은 말이 없었기에 주인이 그런 단어들의 뜻을 진정으로 이해하기란 불가능했어요.

주인은 전쟁에 대해 특히 놀라워했어요. 내 종족이 몸집이 작고 힘이 약해서 상대를 해치지 못하는 것이 다행이라고 했지요. 나는 주인이 내 종족을 몰라도 정말 모른다고 생각했어요. 그러고는 대포며 장총, 권총, 총알, 칼, 전투, 포위 작전, 해전 따위를 설명해 주었어요. 전쟁에서 배가 가라앉을 때면 몇천 명씩 죽어 나가고, 한쪽에서는 물건을 훔치거나 불을 지르고 닥치는 대로 부순다고 이야기해 주었지요.

그러자 주인이 이제 그만하라고 했어요. 내 이야기가 무척 역겹다면서요. 주인은 비록 야후를 끔찍이 싫어하기는 하지만 타고난 성질이 더럽고 흉악한 걸 탓하지는 않는다고 했어요. 하지만 이성이 있는 동물이 그렇게나 무시무시한 일을 저지른다면 그것은 훨씬 심각한 일이라고 했지요.

주인과 나는 몇 날 며칠 동안 이야기를 나누었어요. 어느 날, 주인은 내가 한 이야기와 나의 종족에 대해 생각해 보았다고 했어요. 주인은 내 종족과 야후는 겉모습이나 성질이 똑같이 닮았다고 했어요. 또한 내 종족과 야후의 행동도 따지고 보면 거울처럼 똑같이 추악하다고 이야기했지요.

나는 이상한 기분이 들었어요. 솔직히 고백하자면, 마음이 깨끗하고 흠 없는 휘늠이 지닌 아름답고 어진 행동과 인간의 끔찍한 행동이 비교되었어요. 그제야 나는 내 종족을 새로운 눈으로 바라볼 수 있게 되었지요. 주인의 현명한 의견을 듣고 그 전까지는 깨닫지 못했던 내 종족의 잘못된 점을 확실히 볼 수 있었어요. 나는 내 종족이 저지르는 모든 거짓과 속임수가 얼마나 끔찍한 것인지를 깨달았지요.

휘늠의 나라에서 지낸 지 일 년도 되지 않아 나는 휘늠을 존경하고 사랑하는 마음이 너무나 커졌어요. 다시는 인간에게 돌아가지 않으리라 마음먹었지요. 이 지혜롭고 놀라운 휘늠들과 함께 남은 인생을 보내고 싶었어요. 하지만 운명은 내게 그런 행복을 허락하지 않았어요.

5장
걸리버가 총회의 결정으로
휘늠을 떠나게 되다

　이 나라에서는 4년마다 '전 휘늠 대회'라는 총회가 열렸어요. 총회는 5, 6일간 계속됐어요. 전국의 대표들이 모여 여러 지역의 상황을 함께 이야기했어요. 건초나 귀리, 소가 남아도는지 혹은 부족한지 같은 이야기였지요. 그리고 부족한 지역이 있으면 의회와 서로 이야기한 후 즉시 채워 주었어요.

　내가 휘늠 나라를 떠나기 석 달 전쯤에 그 총회가 열렸어요. 나의 주인이 우리 지역의 대표로 총회에 참가했어요. 총회에서는 해묵은 논란이 다시 불거졌어요. 주인은 집으로 돌아와 내게 그 이야기를 빠짐없이 들려주었어요.

　문제는 야후들을 섬에서 내쫓느냐 마느냐였어요. 야후를

내쫓자는 쪽에서 여러 가지 주장을 내놓았어요. 야후는 자연
이 만들어 낸 가장 더럽고 추한 짐승이라고 했어요. 하는 행
동 또한 형편없다고 했지요. 들판의 풀을 마구 짓밟는 등 끔
찍한 일을 셀 수 없이 저지른다는 것이었지요.

그러자 나의 주인이 앞에 나서서 큰 소리로 말했어요. 옛
날, 섬에 처음으로 나타난 야후는 바다를 건너온 것으로 여
겨진다고요. 이후에 야후들은 산속으로 숨어들었고 시간이
흐르며 원래 모습보다 훨씬 야만스럽게 변해 간 것 같다고
말했어요. 하지만 야후가 다 야만스러운 것은 아닌 것 같다
고 했어요.

주인은 지금 훌륭한 야후 하나를 데리고 있다며 나에 대한
이야기를 했어요. 주인은 나를 처음 발견한 이야기며 내가
내 나라의 언어로 말을 하고 휘늠의 말도 빈틈없이 익힌 일
을 말했어요. 또 내 종족들이 사는 나라에서는 야후들이 다
른 동물을 다스리며 휘늠을 종으로 부린다는 이야기를 덧붙
였어요. 억센 짐승을 혹독하게 다루는 방법도 설명했지요.
다 내가 해 준 이야기였지요.

주인은 총회에서 주인이 부리는 짐승에게서 지혜를 배우
는 것이 부끄러운 일은 아니라고 말했어요. 그러니 내 말에

따라 어린 야후들을 내 종족이 쓰는 방법으로 훈련하면 온순하게 길들일 수 있을 거라고 했지요.

주인은 내게 총회 이야기를 자세히 전해 주었지만 한 가지 말하지 않은 것이 있었어요. 그리고 얼마 지나지 않아 나는 그 일로 안타까운 일을 당했어요.

그동안 나는 휘늠 나라에서 제법 자리를 잘 잡았어요. 내 주인은 집에서 5미터쯤 떨어진 곳에 내가 쓸 방을 하나 만들어 주었어요. 옷이 낡아 누더기가 되자 나는 토끼 가죽으로 새 옷도 지어 입었어요. 나무를 베어 신발 바닥의 가죽에 붙여서 새 밑창으로 썼고요. 나무 구멍에서 꿀을 구해다 빵과 함께 먹기도 했어요. 여러모로 보아 나는 몸도 마음도 더할 나위 없이 건강하고 평화로웠지요.

그러다 보니 나는 어느새 고향의 친구나 가족들을 떠올릴 때마다 그들이 히찮은 야후처럼 느껴졌어요. 내 친구나 가족들은 이곳 야후들보다 그저 조금 예의를 지킬 줄 알고 말을 할 수 있을 뿐이니까요. 나는 곧 휘늠을 흉내 내게 되었지요. 휘늠들이 너무 좋았거든요. 나중에 내가 고향으로 돌아왔을 때, 친구들은 내 걸음걸이가 꼭 말 같다고 이야기하곤 했는데 나는 그 말이 무척 듣기 좋았어요.

그렇게 행복하게 지내던 어느 날이었어요. 아침에 일어나자 내 주인이 평소보다 조금 일찍 나를 불렀어요. 주인은 어떻게 말을 꺼내야 할지 몰라 당황스러운 얼굴이었어요. 잠시 침묵이 흐른 뒤 주인이 말문을 열었어요.

지난 총회에서 각 지역의 대표자들이 나의 주인에게 화를 좀 냈다는 말이었어요. 집 안에 야후를 두면서 짐승이 아니라 휘늠처럼 대한다는 것이었지요.

총회에서는 나를 다른 야후처럼 부리든지 아니면 내 고향으로 돌려보내라고 했어요. 첫 번째 방법은 나를 본 적 있는 모든 휘늠이 반대했어요. 나는 이성을 가진 야후이기 때문에 혹시 다른 야후들을 부추겨 반역을 일으킬지도 모른다는 이유였어요. 결국 나는 이곳을 떠나 고향으로 가야만 했어요.

주인은 나를 계속 데리고 있고 싶지만 어쩔 수 없다고 말했어요. 내가 전에 설명했던 것과 비슷한 배를 만들어 떠나면 어떻겠느냐고 했지요.

주인의 말을 들은 나는 엄청난 슬픔과 절망을 가누지 못했어요. 그만 정신을 잃고 주인의 발 앞에 쓰러져 버렸지요. 눈을 뜨자 주인은 내가 죽은 줄 알았다고 했어요. 나는 죽는 편이 훨씬 행복하겠다고 대꾸하며 총회의 결정을 이해하지만

마음이 무척 괴롭다고 말했어요.

나는 하는 수 없이 배를 한 척 만들어 보겠다고 했어요. 떠나는 게 죽는 것과 다름없다고 생각하니 그나마 마음이 편했어요. 이곳에서 야후들 사이에 섞여 야만스럽게 하루하루를 보내는 일은 상상조차 할 수 없었으니까요. 주인은 너그럽게 대꾸하며 배를 만들 수 있게 두 달의 시간을 주었어요.

6주 정도 지나자 카누 비슷한 배가 만들어졌어요. 나는 배에 짐승 가죽을 씌우고 같은 가죽으로 돛도 만들었어요. 노도 네 개 만든 다음 고기와 커다란 병 두 개를 실었어요. 병하나에는 우유를, 다른 하나에는 물을 가득 담았지요.

드디어 떠나는 날이 다가왔어요. 나는 주인과 가족에게 작별 인사를 했어요. 눈물이 쏟아지고 가슴이 찢어지는 듯했어요. 주인은 친절하게도 내가 배를 타는 모습을 보러 나왔어요. 나는 주인 앞에 무릎을 꿇었어요. 그러자 주인이 다정하게 발굽을 들어 입 맞추게 해 주었지요. 나는 함께 온 다른 휘늠들에게도 존경의 마음을 담아 인사했어요. 그런 다음 배에 올라 바다로 향했어요.

6장
걸리버가 위험천만한 항해 끝에
집으로 돌아오다

나는 1714년 2월 15일 오전 9시에 절망스러운 마음으로 항해에 나섰어요. 순풍이 불어왔어요. 배는 바닷물의 흐름을 타고 제법 빠르게 나아갔어요. 30분 정도 지나 휘늠의 땅을 돌아보았지만 주인과 다른 휘늠들의 모습이 너무 작아져서 보이지 않았어요. 하지만 밤새 말이 큰 소리로 '흐누이 일라니하 마자 야후!'라고 외치는 소리가 자꾸 들려왔어요. 그건 '몸조심해, 점잖은 야후!'라는 뜻이었어요.

나는 고향으로 돌아가고 싶지 않았어요. 추악한 야후, 그러니까 다시 인간으로 살고 싶진 않았거든요. 나는 생활에 필요한 것들을 구할 수 있는 작은 무인도를 찾아서 살아갈 작정이었어요. 그렇게 혼자 살면서 즐겁게 휘늠들의 아름답고 선한 마음과 행동을 기억하고 따라 하며 살아가고 싶었어요.

이틀쯤 지난 어느 날, 나는 뉴질랜드의 남동쪽 해변에 이르렀어요. 주위에 사람이 보이지는 않았지만 무기가 없어서 육지 깊숙이 들어가기는 두려웠어요. 나는 바닷가에서 조개를 주워 날것으로 먹었어요. 눈에 띌까 두려워서 불을 피우지 못했거든요. 그렇게 사흘이 지났어요.

도착한 지 나흘째 되는 날, 나는 위험을 무릅쓰고 조금 멀리 가 보았어요. 높은 곳에 원주민 이삼십 명이 보였어요. 내가 있는 곳에서 4, 5백 미터 정도 떨어진 곳이었지요. 한 명이 나를 발견하고 소리를 지르자 다섯 명이 나를 쫓아왔어요.

나는 황급히 바닷가로 달려가 배에 올랐어요. 바다 멀리 나가지도 못했는데 원주민들이 화살을 쏘았어요. 나는 왼쪽 무릎에 화살을 맞고 말았지요. 나는 독화살일까 봐 겁이 나서 안전한 거리만큼 노를 저어 간 다음 상처를 입으로 깨끗이 빨아내고 붕대를 감았어요.

나는 어찌할 바를 몰랐어요. 도저히 같은 해변으로 돌아갈 용기가 없었어요. 그리고 바람이 육지 쪽으로 불어서 노를 저어 바다 멀리 나갈 수도 없었어요. 결국 바닷가를 따라 안

심하고 배를 댈 만한 곳을 찾고 있는데 북북동쪽에 돛을 단 범선 한 척이 보였어요.

범선은 내 쪽으로 향했고 점차 모습이 뚜렷해졌어요. 그런데 나는 범선을 기다릴지 어쩔지 망설여졌어요. 야후, 그러니까 인간이 너무 싫었던 나는 배를 돌려 도망쳤던 해변을 향해 다시 노를 저었어요. 유럽 야후들과 함께 사느니 나 자신을 믿고 그곳 원주민들과 살아 보는 게 낫겠다는 생각이 들었거든요. 나는 해안 가까이 배를 바짝 끌어다 놓은 다음 바위 뒤에 몸을 숨겼어요.

범선이 바닷가에서 3킬로미터 정도 떨어진 곳까지 다가왔어요. 육지의 개울에서 마실 물을 구하려는지 대형 보트를 내려보냈어요. 그런데 내 카누를 본 선원들이 바위 뒤에 엎드려 있는 나를 바로 찾아냈어요. 선원들은 눈이 휘둥그레져서 나의 기이한 옷차림을 바라봤어요. 나는 짐승 가죽으로 지은 옷을 입고 나무 밑창을 댄 신을 신고 있었어요. 선원들은 포르투갈어로 내게 일어나라고 하더니 누구냐고 물었어요.

포르투갈어를 제법 잘하는 나는 일어서서 대답했어요. 나는 휘늠 나라에서 쫓겨난 딱한 야후인데 부디 그냥 보내 달라고 했어요. 선원들은 내 포르투갈어를 알아들을 수 있었지만 야후와 휘늠이 무슨 말인지 몰라 어리둥절했어요. 선원들은 선장이 나를 포르투갈의 수도, 리스본까지 데려다줄 것이라고 했어요. 그곳에서 고향 잉글랜드로 돌아가면 된다고 했지요. 선원들은 내가 겪은 이야기를 듣고 싶어 했어요. 그런데 나는 별로 이야기하고 싶지 않아 대충 둘러댔어요. 그 바람에 선원들은 내가 제정신이 아니라고 생각했지요.

선장은 친절하고 마음이 넓은 사람이었어요. 자기 선실로 나를 데리고 간 다음 어떻게 된 건지 이야기해 보라고 했어요. 그러고는 먹고 싶은 것이나 마시고 싶은 것이 있는지 물었어요. 나는 야후가 그토록 예의 바르게 말하는 것을 듣고 무척 놀랐지만 입은 열지 않았어요.

선장은 닭고기와 물을 좀 가져오게 한 다음, 내게 깨끗한 선실에 침대를 마련해 주라고 지시했어요. 나는 옷을 입은 채 침대에 누웠다가 선원들이 저녁 식사를 하러 가자 선실에서 몰래 빠져나왔어요. 배에서 뛰어내린 다음 죽을힘을 다해 헤엄쳐 도망칠 작정이었지요. 하지만 선원 한 명에게 들키고 말았어요. 나는 선실로 끌려가 사슬에 묶이고 말았지요.

얼마 후 선장이 내게 와서 어째서 도망치려 했느냐고 물었어요. 선장은 잘 대해 주려는 것뿐이었다며 나를 안심시켰지요. 너무나 따뜻한 말투에 나는 마음이 풀려서 내 이야기를 들려주기로 했어요. 하지만 이야기를 들은 선장은 내 말을 믿지 않았어요. 나는 기분이 몹시 상했어요. '거짓'이라는 단어를 잊어버린 나는 절대 '사실이 아닌 것'을 말하지 않는다고 선장에게 말했어요.

선장은 다시 내 이야기를 세세히 따져 가며 들었어요. 그러자 서서히 내 말이 믿어지는 모양이었어요. 선장은 내게 다시는 도망치지 않겠다는 약속을 하라고 했어요. 그렇지 않으면 가두어 둘 수밖에 없다고 했지요. 나는 할 수 없이 약속하면서도 다시 야후들과 함께 살 바에는 힘겨운 고난을 겪는 게 낫다고도 말했어요.

그 후 항해는 별다른 일 없이 흘러갔어요. 그리고 1715년 11월 5일 리스본에 도착했어요. 선장은 나를 자기 집으로 데려갔어요. 나는 그곳에서 며칠을 묵었어요. 선장은 무척 예의 바르고 친절해서 나는 선장과 함께 있는 것이 정말로 좋아지기 시작했어요. 선장은 내게 고향으로 돌아가 아내와 아이들과 함께 살라고 끊임없이 나를 설득했어요.

나는 결국 11월 24일, 리스본을 떠나 고향으로 향했어요. 아내와 가족들은 깜짝 놀라서 뛸 듯이 기뻐하며 나를 맞아

주었어요. 하지만 솔직히 말하자면 나는 가족이 야후의 모습인 것이 몸서리치게 싫었어요. 꾹 참고 가족과 함께 지내면서도 머릿속은 온통 그 훌륭한 휘늠의 미덕과 지혜, 그리고 휘늠 나라에서 지낸 날들로 가득했지요.

이 글을 쓰는 지금은 잉글랜드로 돌아오고 5년이 지난 뒤예요. 나는 서서히 참고 견디는 법을 배웠어요. 이제는 야후 가족과 지내는 일이 즐거울 때도 있어요. 고향에 돌아오고 나서 내가 처음으로 한 건 어린 말 두 마리를 사는 일이었어요. 나는 말들을 좋은 마구간에 두었어요. 말들이 곁에 있으니 다시 기운이 솟는 느낌이지요. 내 말들은 내 이야기를 무척 잘 알아들어서 나는 하루에도 네 시간 넘게 말들과 대화를 나누고 있어요. 나는 내 말들에게 절대 굴레를 씌우거나 안장을 얹지 않았어요. 그리고 내 말들은 나뿐만 아니라 자기들끼리도 무척 사이좋게 잘 지낸답니다.

생각을 나누어 보아요

재미있게 책을 읽었나요? 이제 여러분이 읽은 책에 관한 질문이 조금 있다가 나올 거예요. 하지만 이건 시험이 아니랍니다! 여러분이 이야기 속의 인물, 장소, 사건을 여러 각도로 바라볼 수 있도록 도와주는 질문들이지요. 특별히 정해진 답은 없답니다. 다음 질문에 여러분의 의견을 써 보세요. 이 이야기와 여러분 자신에 관해 더 많은 것을 알아내는 즐거움을 누릴 수 있답니다.

1. 릴리펏에서 눈을 뜬 걸리버는 몸이 땅에 꽁꽁 묶인 채 키가 15센티미터 남짓한 사람들에게 둘러싸여 있었어요. 여러분이 걸리버라면 어떻게 했을까요? 여러분이 겪은 가장 이상한 경험은 무엇인가요?

----

2. 걸리버는 릴리펏에 도착한 순간부터 스카이레시 볼골람의 미움을 산 것 같아요. 왜 이런 일이 일어났을까요? 자기도 모르는 사이에 누군가와 사이가 나빠진 적이 있나요?

----

3. 걸리버가 끊임없이 여행을 떠나려는 이유는 무엇일까요? 여러분도 그런 기분이 든 적 있나요? 가장 가 보고 싶은 곳은 어디인가요?

----

4. 걸리버는 작은 사람들의 나라에서는 가장 커다란 사람이었다가 거인들의 나라에서는 가장 조그만 사람이 돼요. 어떤 생각이 드나요? 큰 사람과 작은 사람 중 누가 되고 싶은가요?

----

5. 걸리버는 이 세상에 있는 줄도 몰랐던 나라를 계속 발견해요. 그런 나라가 정말 있다고 생각하나요? 여러분이 새로운 세상을 만든다면 어떤 모습일까요?

----

6. 거인 나라에서 지내는 동안 걸리버는 여러 사건을 겪어요. 그중 최악의 사건은 무엇이라고 생각하나요? 여러분도 사람들의 웃음거리가 된 적이 있나요? 어떤 일이었나요?

----

7. 걸리버는 도착하는 나라마다 새로운 별명을 얻었어요. 각각 무슨 뜻이었나요? 여러분에게도 별명이 있나요? 누가 그 별명을 지었나요?

----

8. 여러 나라 가운데 걸리버가 영원히 머물고 싶어 한 곳은 휘늠 나라 한 곳뿐이었어요. 왜 그럴까요? 여러분도 떠나기 싫었던 곳이 있나요?

----

9. 걸리버는 럭낵에서 영원히 사는 존재인 스트럴드브럭의 이야기를 들어요. 시간이 흐르며 스트럴드브럭에 대한 걸리버의 생각은 어떻게 변했나요? 여러분은 영원히 살고 싶은가요? 그 이유는 무엇인가요?

----

10. 여러 여행을 거치며 걸리버는 어떤 변화를 겪나요? 걸리버는 수많은 여행을 통해 무엇을 배웠을까요? 여러분도 여행에서 배운 것이 있나요?

작품에 대하여

『걸리버 여행기』는 1726년에 발표된 소설입니다. 흔히 동화로 알려졌지만 사실 비판적인 성격이 강한 풍자 소설이지요. 주인공 걸리버는 작은 사람들의 나라, 거인들의 나라, 하늘을 나는 섬나라, 말의 나라를 여행하며 기이한 경험을 합니다. 그곳에서 만난 사람들은 자기들이 가장 합리적이고 이성적이라고 생각하지만, 달걀을 어느 쪽으로 깨는지와 같은 일로 전쟁을 벌이고, 덩치가 작은 사람을 깔보고, 실생활에는 아무 도움이 되지 않는 허황한 학문을 연구해요. 또 이성을 지닌 말들이 추악한 인간을 다스리기도 하지요.

작가는 『걸리버 여행기』를 통해 18세기 영국 사회의 모습을 보여 주려 했어요. 왕과 정치인, 귀족, 학자들은 오만하고 위선적이며 인간은 탐욕스럽고 어리석지요. 걸리버가 여행한 나라들은 곧 우리가 사는 사회의 모습을 보여 줘요. 그리고 작가가 통쾌하게 비웃은 18세기 영국 사회와 지금 우리 사회의 모습은 크게 다르지 않지요. 이런 이유로 『걸리버 여행기』는 오랜 시간이 지난 지금도 여전히 큰 사랑을 받고 있답니다.

작가에 대하여

조나단 스위프트(Jonathan Swift, 1667~1745)는 아일랜드 더블린에서 태어났습니다. 트리니티 칼리지를 졸업한 뒤 영국의 유명 정치인이었던 윌리엄 템플 경의 비서로 일했는데 이때의 경험이 훗날 풍자소설을 쓰는 데 영향을 끼쳤어요. 정치계에서 자리 잡고자 했던 스위프트는 템플 경이 세상을 떠난 뒤 정치적 기반을 잃고 고향으로 돌아가 성직자가 되었어요.

스위프트는 영국의 식민지인 고향 아일랜드의 상황에 울분을 토하며 영국 사회를 비판하는 글을 썼어요. 정치 평론과 더불어 영국 사회의 문제를 날카롭게 꼬집는 풍자 소설을 썼지요. 『책들의 싸움』, 『겸손한 제안』, 『지어낸 이야기』 같은 책을 썼고 『걸리버 여행기』가 폭발적인 인기를 얻으며 널리 이름을 알리게 되었어요.

고전 문학 읽기의 즐거움

첫인상은 매우 중요합니다.

새로운 사람을 만나건 새로운 장소에 가건, 또는 읽을 책을 고르건, 첫인상은 무척 중요하지요. 첫인상이 좋지 않으면 앞으로의 새로운 만남이나 도전에 겁을 먹고 피하게 되니까요.

『걸리버 여행기』는 전 세계 사람들에게 오랜 세월 동안 사랑받은 이야기예요. 그런 이야기들을 '고전'이라고 부르지요. 여러분은 이 책을 읽고 어떤 첫인상을 받았나요? 이처럼 긴 이야기를 읽을 수 있어서 뿌듯했나요? 또한 이야기를 읽으면서 걸리버, 글럼달클리치, 휘늠의 말들과 좋은 친구가 되었나요?

이처럼 고전은 다양하게 많이 읽을수록 좋아요. 하지만 아이들은 어려운 단어가 많이 나오고 내용이 긴 고전을 쉽게 읽기가 어렵지요. 또한 고전 속 풍부한 사건이나 등장인물들에 대해 이해하기 어려울 수 있어요. 이때 재능 있는 동화 작가들이 고전을 간추려 새로 공들여 쓴 이야기는 어린이들이 쉽고 재미있게 고전을 이해할 수 있도록 도와줘요.

아이들이 고전에 관심을 갖고 자극을 받게 되면 좀 더 다양한 주제와 등장인물이 나오는 고전을 찾게 되지요. 독서 능력이 커지면 커질수록 간추린 고전이 아닌, 내용이 훨씬 길고 어렵더라도 원래 그대로의 이야기를 읽고 싶은 욕망 또한 자연스레 솟아나지요.

고전 문학은 어린이들이 가정과 사회 속에서 자라면서 자기 자신을 더 잘 이해할 수 있게 도와줘요. 이 시리즈는 아이들이 고전을 읽고 활발하게 자기 생각을 토론할 수 있는 질문들도 풍부하게 실었어요. 부모님, 선생님, 친구들과 함께 질문에 대해 생각해 보고 이야기를 나눠 보세요. 우리가 사는 이 시대의 생각들, 지나간 시대에 중요하게 생각했던 가치나 기준들을 비교해 생각해 볼 수 있어요. 그 외 매우 다양한 방식으로 고전 문학들을 감상할 수 있답니다.

고전 문학 읽기의 즐거움을 어린이들과 함께 나누고, 진짜 같은 상상의 세계로 안내하는 이 고전 시리즈를 전 세계 어린이들과 함께 즐겨 보세요.

교육학 박사 아서 포버

Dr. Arthur Pober, EdD

작가들 소개

다시 씀 **마틴 우드사이드**

마틴 우드사이드는 작가이자 교육자예요. 샌디에이고 주립 대학교에서 순수 미술과 어린이 문학을 공부하였고, 럿거스 캠든 대학교에서 아동학 박사 학위를 받았어요.

옮김 **장혜진**

고려대학교 지구환경과학과를 졸업하고 한겨레 번역가그룹에서 공부했어요. 어린이와 함께 읽을 좋은 책을 찾아 기획하고 번역합니다. 옮긴 책으로는 『나, 여기 있어요!』, 『10대를 위한 그릿』, 『초콜릿어 할 줄 알아?』, 『알고 싶어, 내 마음의 작동 방식』, 『책 아저씨를 위해 투표해 주세요』, 『Find Me 생태 숨은그림찾기』 시리즈, 『매직 돋보기』 시리즈 등이 있습니다.

그림 **김완진**

대학에서 서양화를 공부하고, 지금은 어린이책에 그림을 그리고 있습니다. 잊고 지내 온 어린 시절을 떠올리며 아이들과 마음을 나눌 수 있는 이야기를 꾸미고 그림으로 그리고 있습니다. 쓰고 그린 책으로는 『공룡 아빠』, 『하우스』, 『BIG BAG 섬에 가다』가 있고, 그린 책으로는 『슈퍼 히어로 우리 아빠』, 『슈퍼 히어로 학교』, 『아빠도 집이 안 돼』, 『우리 빌라에는 이상한 사람들이 산다』, 『우리 모두 주인공』, 『시간으로 산 책』, 『딱 하나만 더 읽고』, 『늙은 아이들』, 『일기 고쳐 주는 아이』, 『오늘 또 토요일?』 등이 있습니다.

추천 **교육학 박사 아서 포버**

유아기 아동과 영재 아동 교육 분야에서 20년 이상 활동했어요. 영재들을 위한 학교로 세계적으로 유서 깊은 헌터칼리지 영재 학교의 교장이었고, 뉴욕시의 25,000명 이상의 청소년들을 위한 특수 학급의 책임자였어요.
또한 미디어와 아동 보호 분야에서 공인된 권위자이며, 현재는 미디어 및 유럽 광고표준 연합을 위한 유럽 협회의 미국 대표예요.